愛坂《あいさか》／
「え、ご主人様……？」
そこには、何故《なぜ》か玄関でメイド服から制服へと着替えている愛坂がいた。
……は？　何でコイツは玄関で着替えているんだ？

教室に入って自分の席に座ると、
やけに人懐っこいような甘い声で彼女は僕の名前を呼んできた。

彼女の名前は愛坂。

僕のクラスメイトで、学校でも『一番かわいい』と評判の美少女だ。

「悠くん、おはよう♪」

「メイドですので当然のことです」
私の名は愛坂。早乙女《さおとめ》悠《ゆう》様の専属メイドだ。
普段はご主人様とこの２ＬＤＫの部屋の
マンションで一緒に住んでいる。

「カチューシャが無いと、ほぼ全裸じゃないですか！」
「いいですか？　メイド服を着ていなくても、カチューシャを付けていればそれだけで『メイドさん』なのです！　しかし、カチューシャすら付けてなかったら、愛坂はただの可愛い女の子じゃないですか！　そう、メイドさんにとってカチューシャというのは大事な衣装の一部なのです！　いいえ、もはや、体の一部と言ってもいいほどにメイドさんにとって、カチューシャは重要なパーツなのです！」

# クラスで一番かわいい女子はウチの完璧メイドさん

CONTENTS



イラスト　なぎは

# 【プロローグ】

仮面、それは自分の正体を隠したり、または舞台や演劇においては何かの役になりきる時に使用するものだ。

そして、人は誰しも自分だけの仮面を持っている。

それは、時に本当の自分を見せないための上っ面の仮面だったり、または他者に求められる自分になりきるための仮面だったり、人によって様々な仮面を持っている。

では『彼女』はどうだろうか？


「悠《ゆう》くん、おはよう♪」

教室に入って自分の席に座ると、やけに人懐っこいような甘い声で彼女は僕の名前を呼んできた。

「もう、今日も朝のHRギリギリの登校だし……もっと、早く来ないとダメだよ？」

彼女の名前は愛坂《あいさか》。

僕のクラスメイトで、学校でも『一番かわいい』と評判の美少女だ。

そして――

「愛坂、学校ではあまり話しかけないって約束だろ？　これで、誰かに怪しまれたら

「……」

僕がそう言うと、愛坂は先ほどまでの人懐っこいような甘い雰囲気を打ち消し、落ち着いた表情を僕にだけ見せて答えた。

「ご主人様の方こそ、何を言ってるんですか？　私はクラスでは『皆に優しい美少女』で通しているのです。だからこそ、ご主人様だけを無視したら逆に怪しいではないですか？」

「そ、それはそうだけど……」

そう、彼女は僕のメイドなのだ。

……うん、いきなり『僕のメイドだ』なんて言っても意味不明だと思うけど、実際にそうなんだから、仕方がない。

「てか、学校で『ご主人様』は止《や》めてくれ……もし、誰かに聞かれたらどうするんだよ」

「そうだね『悠くん』♪」

つまり、僕、早乙女《さおとめ》悠に仕えるメイドさん。それが彼女の『仮面』なのだ。

# 第一章
## 【ウチのメイドさんは優秀です】

僕の実家は、世間で言われる資産家というものだ。


『悠、彼女が今日からお前の専属メイドだ』

『初めまして、今日からご主人様のメイドになりました――』


そして、それが愛坂との出会いだった。

メイドさんなんて、いつの時代だよと思うかもしれないけど、そういう古い文化を僕の家は重視するタイプであり、そして、ある事情もあり僕には専属のメイドがつけられた。

だけど、僕はそんな自分の実家がどうしようもなく嫌いだ。

まず、専属のメイドさんという決まりが気に入らない。可愛《かわい》らしい表現に聞こえるかもしれないが、家の権力と金でいうことを聞かせているだけであり、実態はただの召使だ。

実際に僕のメイドとなった愛坂も僕に忠義を誓っているというわけでなく、ただ家の指示に従って『メイドさん』という仮面を被《かぶ》っているだけにすぎない。

僕はそんな誰かの自由を縛る実家が嫌いだ。

もちろん、僕自身にだって自由はない。

学校も家が決めた大学まで一貫教育の名門校に入れられて、その後は資産家としての勉強をし、いずれは早乙女家の次期当主として、後を継ぐことまで決まっている。

そこに、僕自身の意思はない。

だから、これはほんの八つ当たりのようなものだった。


『ねぇ、愛坂……』

『ご主人様、何でしょうか？』

『僕がもし、普通の高校生になりたい……って言ったらどうする？』

『かしこまりました』

『……え？』


ただ、ほんの少し……彼女を困らせるだけのつもりだったのだ。

なのに、僕がそれを言った数日後には、何故《なぜ》か僕はこの専属メイドの愛坂と一緒に家を出て、進学するはずだった名門校ではなく、今の高校に入学して『普通の高校生』としての生活を手に入れていた。


……いや、僕のメイドさん優秀すぎるだろ。

「悠くん、どうしたの？」

気づくと、愛坂が僕の顔を覗《のぞ》き込んでいた。慌てて周りを見回すと教室には愛坂以外の生徒は殆《ほとん》ど残っておらず、外には夕日が覗いている。

どうやら、いつの間にか午後のＨＲも終わって放課後になっていたらしい。

「愛坂……いや、ちょっと寝ていた」

「悠くんってば寝不足なの？　それより、一緒に帰ろう♪」

愛坂はそう言うと、僕の腕を引っ張って立ち上がらせようとしてくる。

ちょっと、スキンシップが激しいのではないだろうか？

そういう目立つ行動は止めてくれといつも言っているんだけどなぁ……。

「なぁ、愛坂。一緒に帰るのはまずくないか？」

「そうかな？　でも、皆は帰っちゃったし、誰にも見られる心配はないよ？」

確かに、愛坂の言う通り教室にもう残っているクラスメイトはいない。なら、彼女と一緒に帰っても、そこまで目立ちはしないのかもしれない……むしろ、優秀な愛坂のことだから、それもちゃんと計算して『一緒に帰ろう』と言っているのだろうか？

でも、それなら、わざわざ優等生の仮面を被らないで普通に言えばいいのに――

「どんな時も『学校ではメイドなのを隠せ』と言ったのはご主人様じゃないですか？」

――と、思った瞬間に愛坂の表情が一瞬でメイドさんモードに切り替わった。

……こいつは心でも読んでいるのかな？

「ご主人様の顔が分かりやすいだけです」

「なるほど……」

どうやら、僕のメイドさんは表情も完璧に読めるらしい。

そう一人で納得した僕の顔を見てか、愛坂はまた『メイドさん』から『優等生モード』に雰囲気を切り替えて僕に同じ質問をした。

「それで、悠くん。一緒に帰らないの？」

「わ、分かったよ……」

もちろん、愛坂が僕の専属メイドだというのは学校では秘密だ。

「でも、悠くんと一緒に住んでいるのを隠すためとはいえ、わざわざお互いの登校時間をズラしてまで、悠くんがＨＲギリギリに来なくてもいいんじゃないの？」

学校を出て家に帰る途中、後ろを歩いていた愛坂がそんなことを言ってきた。

「だからって、僕が愛坂と毎日一緒に登校したら、それこそおかしいだろ……」

「私は悠くんが周りを気にしすぎているだけだと思うけどな～？」

愛坂はそう言うと、惚《とぼ》けたような表情を僕に向けた。

普通の男子なら、この顔を見ただけで『可愛い』と思うのだろうけど、本当の彼女を知っている僕からしたら、その表情を見ても呆《あき》れるだけだ。

「あのなぁ……愛坂とは違って、僕には学校で話すような相手もいないんだぞ？　そんな僕がクラスで人気者の愛坂と親しくしていたら、周りに僕達《たち》の関係が疑われるだろ？」

それくらい、愛坂なら分かるはずだよね？

そんな意味を込めて彼女に視線を向けると、愛坂はいきなり真面目な表情を作り、僕に詰め寄って来た。

「では、ご主人様。それなら、いっそのこと付き合ってしまえばどうでしょう？」

「……は？」

一体、コイツは何を言っているんだ？

「そもそも、私はご主人様の護衛もかねて同じクラスにいるわけです」

「まぁ、それはそうだけど……」

愛坂は年齢こそ僕と同じだけど、優秀なメイドさんだから、本来はこんな普通の高校にいるような人間ではない。でも、そんな彼女がメイドという正体を隠して、僕と一緒にこの高校に通っているのは単純に、僕の傍《そば》にいるためだ。

「なら『付き合っている』という設定にすれば自然とご主人様の近くにいられて一緒に暮らしているのも誤魔化せるじゃないですか？」

「えぇ……なんか、メチャクチャ強引な理論な気がするんだけど……」

「でも、その方が私としては護衛が楽ですよ」

「……おい」

むしろ、そっちの方が本音じゃないのか？

「てか、演技忘れているぞ」

「失礼しました……悠くん、ゴメンね♪」

そう言うと、愛坂は再び口調を変え『クラスの皆に優しい美少女の顔』に戻った。

因《ちな》みに、さっきのメイドさん口調が愛坂の素だ。

普段はメイドさん口調で話しているし、このぶりっ子っぽい話し方は学校でしかしているのを見たことが無い。なので、この笑顔も愛坂の演技なのだろう。

それに、メイドの彼女が僕を名前で呼ぶのも、この学校にいる時だけだ。

「とりあえず、付き合う設定は無しだよ」

そもそも、僕はこの学校生活において、ただの目立たない陰キャ男子高校生というポジションを手に入れている。

そんな目立たない陰キャの僕とクラスでも人気者の愛坂が付き合ったなんて噂《うわさ》が流れた

ら、僕がこの学校で悪目立ちするだろう？

「僕はあくまで『普通の高校生』として目立たずに生きたいんだ！」

「そうですか、良い提案だと思ったんですが……」

そう言って落胆して見せる彼女の表情はそれでも笑っていた。

【朝ごはん】

『私は幸せにならないといけないんです』
彼女と初めて会った時、なんて純粋な子なんだろうと思った。
僕と同じような環境にいながら、彼女はまるで普通の女の子だった。
『貴方《あなた》は……私を幸せにできますか？』
だから、思わず答えてしまった。
だって、僕はそんな彼女に一目惚《ひとめぼ》れしてしまったのだから……
『僕が君を幸せにするよ』
あの日から、僕はその言葉を忘れたことはない。
その約束が彼女を縛ることになると知らずに——

「おはようございます。ご主人様」

朝、目を覚ますとベッドの横に立ち、僕の顔を覗き込む愛坂《あいさか》と目が合った。

「はぁ……」

「ご主人様、人の顔を見てため息をつくのは失礼ではないでしょうか？」

「愛坂、違うんだよ。これは別に君の顔を見てため息をついたわけじゃないんだ」

「ではどういう理由があったのですか？」

そう言うと、愛坂はまだベッドに寝ている僕に圧をかけるように顔を近づけてきた。

ヤバイ、このままではマウントポジションを取られてしまう。下手なことを言えばこのまま馬乗りになってタコ殴りにされてしまうかもしれない。

「いや、ほらさ……これから学校に行くのかって思ったらさ……ため息も出ない？」

「それは、つまり……学校に行きたくないということですか？」

「別に、そこまで嫌なわけじゃないよ？　ただ、このベッドから出たくないし、着替えるのは怠《だる》いし、外は寒いしで、学校に行くのが嫌だなぁ～って、話さ」

季節は四月も終わりだが、地球の温暖化なんてどこ吹く風で、外はまだ肌寒い。だからこそ、僕がこのベッドの中で贅沢《ぜいたく》に二度寝を決めたくなるのも仕方がないだろう。

「まったく、ご主人様は何を言っているのですか……そもそも『普通の学校に行きたい』と言ったのはご主人様ではないですか？」

「確かに言ったけどさぁ……」

それは当時の僕が冗談半分で言った言葉だろう？　だけど、僕が『普通の高校に行きたい』って言ったのと、布団から出たくないのは別問題だ。

「なら、外が寒いというのは別問題ですね？　寒ければちゃんと部屋を暖めて、学校にはセーターを追加で着ていくなどすればいいのです」

そう言うと、愛坂はエアコンを起動して部屋の設定温度を上げてきた。

「ご主人様、早くお布団から出ないとこのまま部屋が蒸し風呂になりますよ」

「うぅ～、そんなことされたら暑くて布団から出るしかないじゃないか……」

「それは良かったじゃないですか。これで、ご主人様はお布団をまとった芋虫から、立派な普通の高校生に羽化できますね」

そう言いながら、愛坂はいつの間にか用意した僕の制服と学校指定のセーターを手渡してきた。流石《さすが》は専属メイドなだけあって、コイツ僕の扱いに慣れてやがる。

「それにしても、ご主人様は『普通の高校生になりたい』と言っているくせに学校が好きではないのですか？」

「愛坂、いいかい？　普通の高校生っていうのはね。学校が嫌いなものなんだよ！」

「一体、何を根拠にそんな妄言を吐いているのですか……」

「それはもちろんこの漫画さ！」

僕はそう言って、ベッドの横に置いてあった漫画を愛坂に見せた。

「ご主人様、それは何ですか？」

「これは、高校デビューに失敗した主人公が人気者になるために、ヘビメタバンドを組んでメジャーデビューを目指す、ゆるふわ日常ものさ！」

「別に、私はその漫画の内容を聞いたわけではありません。何故《なぜ》、ベッドに漫画があるのですか？　と聞いているのです」

すると、愛坂はやや厳しい目つきで僕を睨《ね》め付けた。

「ご主人様、まさか……また夜遅くまでベッドで漫画を読んでいたんじゃないんですか？」

「ま、まさか！　そんなことはぁ～、あはは……」

ヤバイ、昨日夜中まで漫画を読んでいたことがバレてしまった。

「愛坂、違うんだ！　この漫画は、僕が普通の高校生を知るための教科書なんだよ！」

「はぁ、教科書ですか……」

僕は一応『資産家の一人息子』という立場を学校では隠しているからね。だからこそ、普通の高校生らしく振舞えるようにこうして漫画とかで『普通の高校生』というものを勉強しているのだ！

そう、決して読んだことが無かった『漫画』という文化にどハマりしたわけでは無い。

「まったく……だから、ご主人様はいつもぐっすり眠っているんですよ」

「でも、僕ちゃんと毎朝一人で起きられているよね？」

愛坂はそう言うが、僕はいつも気づけば決まった時間に自然と目が覚めて、そこに僕の顔を覗《のぞ》き込む愛坂がいる。

それがいつもの僕の起床の仕方だ。

「つまり、僕は夜更かししてもちゃんと毎朝自分で起きられているってことじゃないか」

「夜更かししていることはお認めになるんですね」

「あ……」

しまった……これは、愛坂の誘導尋問だったのか!?

とりあえず、ここは夜更かしの件は誤魔化しておこう。

「愛坂、それより今日の朝ごはんは何かな？」

「ご主人様は朝ごはん抜きです」

「そんな!? 愛坂、嘘《うそ》だよね！」

すると、愛坂はふんぞり返りながら、頭を下げることなくこう言った。

「申し訳ございません、愛坂は今日寝坊したので朝食を作り忘れたのです」

「謝っているのに全然反省してない!?」

「テヘ♪」

「いや、可愛い子ぶっても騙《だま》されないからね!?」

しかも、ウチの完璧メイドさんはそんなキャラじゃないよね!?

「そんなこと言って……本当は、ちゃんと朝ごはん用意してあるんだよね？　ね⁉」

「そんなの知りません」

そう言うと、愛坂は部屋から出て行った。

「ちょっと、あ、愛坂さ——んっ⁉」

因みに、朝ごはんはちゃんと用意されていた。

【企業秘密】


「一緒に登校したい？」

「はい」

朝食を食べた後、制服に着替えると愛坂がそんなことを僕に言って来た。

「それはダメだね」

「何故ですか？」

「むしろ、何で行けると思ったの？」

学校での僕は基本的に目立たない生徒だ。そんな僕が愛坂と一緒に登校なんてしたら、嫌でも目立ってしまうじゃないか？

「愛坂、この前も言っただろ？　僕はできる限り目立ちたくないんだ」

正直、僕はこの学校生活で、あまり注目を集めたくない。

この高校では僕のことを知っている人間なんていないから、そんな僕は漫画とかでよくある『一般モブ』のように誰にも見向きもされない。

「僕はね。それが嬉《うれ》しいんだよ！」

だって、僕が家を出る前は誰に出会っても、あの『早乙女《さおとめ》家の人間』としか見られないからウンザリしていたし、誰も僕自身を見ているわけでなく、僕を通して家との繋《つな》がりを持とうとする人間ばっかりだった。

「つまり、今の僕はそんな家のしがらみから解き放たれて自由に過ごせるんだよ」

「はぁ、そうですか」

だからこそ、自分が資産家の息子だとバレるような行動はなるべく控えたいのだ。

「でも、そんなこと言っているから、ご主人様はお友達がいないんですよ」

うぐっ！　愛坂の奴《やつ》、痛い所を突いて来るじゃないか……。

「はぁ、愛坂はいいよな。学校に行けば友達が沢山いるんだもんなぁ……」

学校での彼女はメイドとしての身分を隠し、普通の女子高生として過ごしている……と本人は思っているんだろうが、実際はそうではなく、学校での彼女はその美貌から『クラスで一番かわいい女子』として評判だ。

まぁ、それはあくまで学校で過ごすための彼女の仮面でしかないのだけど……それでも『美少女』の仮面をつけた愛坂は愛想もいいので学校では大変な人気者なのである。

「正直、羨ましいよ。愛坂は顔が可愛《かわい》いから男子の人気も高いし。僕もイケメンだったりしたら友達が簡単に作れたりするのかなぁ……」

「なるほど……ご主人様はそう思っているのですね」

そう言うと、愛坂は何故か少し不満そうな視線を僕に向けてきた。

どうやら、僕の台詞《せりふ》の何かが気になったらしい。

「愛坂、今の僕の言葉がどうかした……？」

「別になんでもございません。ただ、ご主人様が私をどう見ているのか確認しただけです」

なんだそりゃ……？

「愛坂、話を戻すけど、何で今更『一緒に登校したい』なんて言うのさ？」

「それは率直に言って私が忙しいからです」

「忙しい……？」

「はい、ご主人様は、ぼっちだから分からないと思いますが……」

「おい」

今そこで僕をディスる必要あったか？

「私はご主人様のクラスメイトとも交流があるので、ご主人様の学校生活に支障がないように普段から情報収集をしているのです」

そう言われてみれば愛坂はいつも僕より先に学校にいる。そして、僕が教室に入ると大体クラスの女子達《たち》に囲まれているわけだが、あれは情報収集していたのか。

「しかし、ご主人様より先に登校するのも片づけや着替える時間を考えると大変なのです。ですから、せめて一緒に家を出られれば登校時間を節約できるかと思いまして」

確かに、愛坂が僕を見送ってから学校に先回りするのと、一緒にマンションを出てから学校に先回りするのでは違いがあるのだろう。

だけど、それは分かるが……

「でも、一緒にマンションから出る所を誰かに見られでもしたら、僕達が一緒に住んでいるのがバレるかもしれないじゃないか？」

「その問題は、私達が『付き合っている』設定にすれば解決ではないでしょうか？」

「ねーよ……」

確かに、学校での愛坂《あいさか》は僕を好いているように見えるが、それは愛坂の演技だ。

「それに『付き合う』っていうのもただの建前だろう？」

どうせ、彼女が学校で僕に話しかけやすいようにするための建前に違いない。

「悠《ゆう》くん、そんなことないよ」

すると、彼女は学校で見せるような優等生モードの仮面を使ってそう答えた。

その仮面で答えるということは、やっぱりただの建前なのだろう。

「愛坂、そんな演技じゃ僕は騙されないからね？」

僕がそう言うと、愛坂は観念したのかいつものメイドさんの口調で話し始めた。

「まぁ、正直な話をいたしますと、わざわざご主人様を見送っている時間がもったいない……つまり、無駄ということです」

「なるほどね……」

確かに、それは考慮するべきことかもしれない。だけど、最後のもったいないを無駄に言い換える必要は果たして本当にあったのかな？

しかし、今の状況が愛坂の負担になっているというのなら、それは改善するべきだろう。

「でも、愛坂って僕の後から学校に向かっているはずなのに、いつもどうやって僕より先に登校しているのさ？」

「ご主人様、それはメイドの企業秘密です」

何が企業秘密だよ。

「じゃあ、その秘密とやらを使って、先に登校すればよくないか？」

「ご主人様、それが厳しいから言ってるんじゃないですか」

「でも、現に僕より先に登校できているだろ？」

それに、僕は愛坂がどうやって学校に先回りしているのか知らないもんな。

「ご主人様は意地悪です……」

その時、一瞬だけ昔の彼女の姿が僕の脳裏によぎった。

『貴方《あなた》って、意地悪なのね……』

それは、過去の彼女で愛坂ではない。そんなのは分かっている。

だけど――

「……ご主人様？」

「あぁ、ごめん」

愛坂はメイドだ……彼女じゃない。

「とりあえず、この話はまた後にしよう」

「はぁ、分かりました。私としてもご主人様を遅刻させるわけにはいきませんからね」

そろそろ、学校に行かないと遅刻してしまうかもしれないしね。

「ご主人様、一つ良いですか？」

「愛坂、なんだい？」

そして、愛坂は一言だけこう言った。

「私はご主人様も十分にイケメンだと思いますよ」

「そりゃ、ありがとう」

その言葉も……きっと、彼女の仮面なんだろう。

## 【待ち伏せ】

あの後、朝食と着替えを済ませた僕は玄関で愛坂に見送られていた。

結局、一緒に登校するかどうかの問題は後回しにしてしまったけど、一応僕なりの考えはある。そうなにも面倒くさいから、うやむやにしたわけでは無い。

「じゃあ、愛坂。先に行っているね」

「はい、ご主人様。行ってらっしゃいませ」

そう言って僕は愛坂に見送られた後、そのままエレベーターには乗らずに、さっき自分が出たマンションの部屋がギリギリ見えるくらいの位置で廊下に隠れた。

「よし……」

そう！　ここで、愛坂がマンションから出てくるのを待ち伏せるのだ！

玄関から出てきた愛坂の後を追跡して、愛坂が一体どのような方法で僕より先に学校に到着しているのかを調べようというわけだ。

「愛坂が秘密だって言うのなら、僕が自分で調べるだけさ」

因《ちな》みに、ただの好奇心でこうしているわけではない。だって、愛坂がどのように先回りしているのかを知ることができれば一緒に登校した方がいいか判断がしやすくなるだろう？

もし、愛坂が危険な方法を使っていたり、無理をしているのなら、それはご主人様である僕が責任をもって止《や》めさせるべきだしね。

「しかし、愛坂は本当にどうやっていつも先回りしているのだろう？」

もしかして、車？　いや、愛坂はまだ免許を持っていないはずだ。だとしたら、タクシー？　しかし、毎日僕より先回りするためにタクシーを使うだろうか？

だとしたら、自転車か？　でも、自転車なんて置いている所を見たことが無いし、ウチの高校は自転車通学禁止だから、学校にも置く場所なんてないからなぁ……。

そして、僕はしばらくそこで愛坂が出てくるのを待っていたのだが——

「全然……出てこないんだが」

あれから、十分は経《た》ったが未《いま》だに愛坂がマンションから出てくる気配は無かった。

今から学校に走ったとしても、到着はギリギリの時間だ。そろそろ、出てこないと本当に遅刻になってしまうが……

「もしかして、愛坂の奴、ベランダから出たのか!?」

まさか、それこそ漫画に出てくる忍者みたいにベランダから外に出て学校までの道をショートカットして登校しているとか？

しかし、そんな芸当がメイドの愛坂にできるのだろうか？　いや……優秀な愛坂のことだから『これくらいメイドならできて当然です』とか言いかねないのか？

「くっ……やられた！」

こうなったら、部屋に突撃して確かめないと！

そう思って、僕が急いで鍵を使いマンションの部屋のドアを開けると——


「……あ」

「え、ご主人様……？」


そこには、何故《なぜ》か玄関でメイド服から制服へと着替えている愛坂がいた。

……は？　何でコイツは玄関で着替えているんだ？

「ご主人様……これは一体、どういうことでしょうか？」

「いや、愛坂……これは、違うんだ！」

とにかく、この状況は不味《まず》い……なんとかしなくては！

「私はご主人様がこんな変態だとは思ってもいませんでした……」

「いや、愛坂！　だから、これは違うんだって！」

とにかく、一旦落ち着いて欲しい！　そうすればきっと僕達は分かり合えるはずだ！

「そうですか……では、一度状況を振り返って確認してみましょうか？」

「そ、そうだね。愛坂、ここは落ち着いて状況を整理しよう！」

そして、僕は愛坂と一緒に一からこの状況を確認してみた。

その一、愛坂が着替えている。

その二、僕は学校に行ったはずである。

その三、何故か、その僕がいきなり帰って来た。

「では、ご主人様。状況を整理した所で反論があるというのなら、どうぞお答えくださ
い」

「うーん、そうだねぇ……」

やばい……どう考えても、この状況から逆転できる要素が何一つ見つからない……あま
りにも状況が僕にとって悪すぎる。割合で言うのなら、八割以上僕に非があるだろう。

しかし、どうにかして愛坂にもこの状況で非があることにできないだろうか……？

いや、待てよ……

「待ってくれ！　この状況は、愛坂にだって非がある！」

「……ほう？」

愛坂はそう言いながら、さりげなく着替え中だったシャツのボタンを留めた。

こんな状況でも落ち着いて着替えを終わらせるところを見ると、意外と怒ってはいない
のかもしれない。なお、下着の色は水色だった。

「では、ご主人様。その私の非というのを教えてもらいましょうか？」

「ズバリ！　愛坂が玄関で着替えているのが悪い！」

そもそも、愛坂がこんな場所で着替えてさえいなければ、僕が家に入った段階で着替え中の愛坂に出くわすなんてこともないじゃないか！

だとしたら、これは全て玄関で着替えている愛坂が悪いという結論にできるのではないのだろうか？

てか、愛坂は何で部屋じゃなく玄関なんかで着替えていたんだ……？

すると、僕の見事な反論を聞いた愛坂がため息をつきながら説明をしてくれた。

「それは、少しでも朝の支度の時間を減らすためです。だから、朝も一緒に登校したいと言ったのに……」

「そう言えば、そんなことを言っていた気が……」

なるほど、そう言われると、愛坂の提案を却下しただけあって、僕も悪い感じはあるな。

「別に、部屋に戻ってから着替えてもいいのですが……まさか、ご主人様が遅刻ギリギリなのに戻って来るとは思わないじゃないですか」

そう言うと、愛坂は少し拗《す》ねたように唇を尖《とが》らせた。普段のメイド姿でなく着替え中なためか妙に色っぽく見えるのは気のせいだろうか？

もしかしたら、これも僕に罪悪感を抱かせるための演技かもしれない。だって、普段は冷静な愛坂がこんな表情をするなんて……とにかく、この話はここで止めておこう。

「わ、分かったよ。じゃあ、明日からはなるべく一緒に登校する。これで良いだろう？」

「分かっていただけたようでなによりです」

そう言うと、愛坂《あいさか》は先ほどまでの拗ねた表情を一瞬で消し去り満足げに頷《うなず》いた。

おい……やっぱり、あの表情は演技だったんじゃないか！

まぁ、とりあえずこれで、問題は解決したし、良しとするか……。

「では、ご主人様。最後に一つ言わせていただいてもよろしいでしょうか？」

「ん、愛坂。何かな？」

すると、スカートをはいて制服に着替え終えた愛坂は笑顔で僕に言った。

「いつまで見ているんでしょうか？　さっさと出て行ってください！」

どうやら、僕が愛坂の下着姿をずっと見ていたのはバレバレだったようだ。

## 【お弁当】

「悠《ゆう》くん、お昼ごはん一緒に食べよう」

　午前の授業が終わり、昼休みを知らせるチャイムが鳴ると、愛坂がさっそく僕の席までやって来て、そのようなことを言ってきた。

　まったく、教室ではあれだけ僕に話しかけるなって言っているのに何で彼女はこうも僕が目立つような行動を取るのだろうか……？

「えっと……愛坂さん、こういうのは親しい友達と食べるものじゃないのかな？」

「うん！　だから、悠くん。お昼ごはん、一緒に食べよう！」

　あれれ～？　会話がまったく成立してないなぁ？　おかしいぞぉ～？

「愛坂さん、ごめんね。せっかく、誘ってくれたのは嬉《うれ》しいんだけど……」

「悠くん、お昼一緒に食べよ？」

　うん、君はロボットかな？　せめて、僕の返事を聞き終わってから言おうね？

　まったく、何でお前は僕を一人にしてくれないのかな？

「……悠くん、どうしたの？」

「いいや、何でもないよ……」

　せめてもの恨みを込めて彼女を見ても、返って来るのは貼り付けたような美少女の笑みだけだった。まったく、本当に素晴らしい演技だ。

「ねぇ、見てあれ……」

「愛坂さんってば、また早乙女《さおとめ》くんに話しかけているよ」

「わぁー、本当に一途《いちず》だよねぇ〜」

「すごーい！」

「でも、何で早乙女くんなんだろうね？」

「本当ねー？　でも、あれだけ毎日アタックしているってことは本気なんじゃない？」

「チッ、何で早乙女の奴《やつ》だけ毎日愛坂さんに話しかけてもらっているんだよ」

「しかも、その上あんな態度しやがって……何様だよ」

「オデ、サオトメ、コロス……」

ほら、クラスの皆も愛坂が僕に話しかけているのを見てなんか噂《うわさ》しているじゃないか。

てか、何か一人ヤバイくらい僕に殺意持っている奴いない？

「というか……お前、さっきクラスの女子に誘われていなかった？」

僕が、なるべく他のクラスメイトに聞こえないように、声を小さくして愛坂にそう問いかけると、愛坂は僕の机に両肘を付けて顔を近づけながらこう答えた。

「うん。でも、悠くんと一緒に居たくて断っちゃった！」

「こ、断ったって……」

コイツ、僕が目立たないように小声で話しかけたのに、今わざとクラスの皆に見せつけるように、過剰なスキンシップを取りやがったな……。


「愛坂さんってば、積極的～♪」

「すごーい！」

「ほら～、やっぱり、本気なんだよ！」

「コロス、ブチコロス、イチゲキ……」


すると、その様子を見守っていたクラスメイト達《たち》が再び騒ぎ出した。

まったく、こうなるから教室ではなるべく話しかけないで欲しいんだ。

「それに、私が話しかけることで、皆も悠くんに興味を持ってくれるでしょう？」

「その興味って、女子のは好奇心で、男子は嫉妬じゃないかな……」

あと、やっぱり僕を殺そうとしている奴いるよね？

だから、ここはきっぱりと愛坂の誘いを断るべきだろう。

僕の命を守るためにもね！

「愛坂さん、ゴメンね。生憎《あいにく》だけど、僕は宗教上の理由で女子とは一緒にお昼ごはんを食べてはいけない決まりなんだ」

「えー、それは残念だなぁ～……」

しかし、そう言いながらも愛坂は諦めなかった。

「ねぇ、悠くん？　私って実は小食なんだ」

すると、愛坂は僕にだけ見えるように鞄《かばん》の中の弁当箱を『二つ』見せてきた。

うーん、小食というにはあまりにも多い量のお弁当だ。そう、まるで『二人分』のお弁当箱がその鞄には入っているようにみえる。

あれ？　そう言えば、今日はまだ愛坂からお弁当を貰《もら》っていないような……

いつも、僕は家を出る時に愛坂からその日のお弁当を貰ってきている。

しかし、今日は今朝のトラブルの所為《せい》でタイミングを逃したような――

「つまり、そのお弁当は……」

「うん、悠くんのために作って来たんだ！」

こいつ！　教室のど真ん中でとんでもないこと言いやがった!?

「キャーッ！　愛坂さんってば、手作りお弁当だって～♪」

「やっぱり、愛坂さんと早乙女くんってそういう関係だったんだー!?」

「早乙女死ねぇえええええええええええええ！」

「誰か奴を殺せぇぇぇぇぇぇぇぇぇぇぇぇぇぇぇぇぇぇぇぇぇぇぇぇ！」

「コロス……サオトメ、コロス！」

クソ！　もうこの教室に僕の居場所はないようだ。こうなったら、愛坂と一緒に別の場所に移動した方がまだいいだろう。

「愛坂さん、分かったよ。一緒にお昼食べよう……」

「本当!?　悠くんが、頷いてくれて良かった♪」

結局、こうして僕は周りのクラスメイト達から隠れるように屋上に避難して、二人だけのお昼休みを過ごすのだった。

因《ちな》みに、この日からお昼休みは愛坂と二人で屋上に行って食べるのが僕の日常になった。

## 【メイドさんと相合傘】

「傘なんて持って来てないよ……」

放課後、家に帰ろうと学校から出た僕を待っていたのは土砂降りの雨だった。

昼休みあたりから、空模様が怪しいとは思っていたが……

「悠くん♪　もしかして、お困りかな？」

すると、僕の背後から聞き慣れた女の子の声が聞こえた。

当然、その声の主は愛坂だ。

そして、その手には今朝は持っていなかったはずの白い傘が握られていた。

まぁ、彼女は僕のメイドだから、こういうタイミングで現れてもおかしくはないだろう。

だけど、それでも一つだけ気になることがあるとするなら――

「えっと、愛坂さん？」

「ん？　悠くん、何？」

一応、ここはまだ学校の中なので、他の生徒に会話を聞かれてもいいように僕は愛坂をメイドとしてではなく一人のクラスメイトとして接するように、その質問をした。

「何で……僕の首に傘をあてがっているのかな？」

そう、何故《なぜ》か愛坂は傘の柄《え》を僕の首にひっかけて拘束しているのだ。

まるで、逃げようとしたら、その首をこの傘で刈り取るとでもいうかのように……

「うん、悠くんが逃げないようにするためだよ♪」

うん、おかしくね？

一体、何処《どこ》にご主人様の首を刈ろうとするメイドがいるのだろうか？

「むぅ〜っ！　だって、悠くんってばいつも私を置いて一人で帰ろうとするんだもん！」

「むぅ〜っ！　だって、愛坂さんっていつも僕と一緒に帰ろうとしてくるんだもん……」

その瞬間、愛坂の雰囲気が変わり、僕の首にあてられた傘に力が入った。

「ご主人様？　その変なモノマネは止《や》めていただいてもよろしいでしょうか……」

「はい、すみません……」

ちょっと、ふざけただけで、自分のメイドに傘で首を絞められるって、おかしくない？

しかし、愛坂が僕を『ご主人様』呼びするということは、周りに他の生徒はいないということだから、小声ならいつもの感じで話していいだろう。

「……てか、何でお前は傘を持っているんだよ？」

雨が降ると知っていたなら、今朝僕にも傘を持たせて欲しかったんだけど……

「これは予備の傘です。こういうこともあろうかと、あらかじめ学校に予備の傘を置いていましたので、それを持ってきました」

「なるほどね……」

学校に置き傘をしてくれていたのか。やっぱり、そういう事も考慮しているあたり愛坂は優秀なメイドさんだな。

「でも、それなら、僕の分も持って来てくれて良かったんじゃないのか？」

僕の指摘した通り、愛坂《あいさか》が持っている傘は一本だけだ。普通、予備を用意するというのなら、愛坂自身の分も含めて二本用意するべきではないのだろうか？

「生憎、私の傘しか用意してなかったので、ご主人様の傘は元から用意していません」

「予備ってお前の分かよ!?」

お前って僕のメイドさんだよね!? なのに、何で自分の傘は用意しておいて、主《あるじ》である僕の傘は用意してないの!? 優秀なメイドさんだなって、言葉は撤回だよ！

「じゃあ、僕は一体この雨の中でどうやって帰ればいいんだよ……」

すると、愛坂は再び『優等生モード』の雰囲気でイタズラっぽく笑って答えた。

「悠くん♪　そんなの……この状況を考えれば言わなくても分かるよね？」

「うっ……」

外は大雨、そして、ここにいるのは僕と愛坂の二人。なのに、傘は一本だけとなると、確かに……この状況を見れば導き出される答えは『一つ』しかないか。

「じゃあ、僕はこの傘で先に帰るから、愛坂さんとはここでお別れだね？」

瞬間、愛坂の傘を握る手に力が入り、傘が僕の首を圧迫した。

「ご主人様……？」

「はい、すみません……」

一瞬、マジで自分のメイドに傘で絞殺されるかと思ったんだが……おかしくない？

「ねぇ、悠《ゆう》くん。この傘が欲しかったら……分かるよね？」

「金か……いくら欲しい？」

「別に、ご主人様の命でもいいんですよ？」

「はい、すみません……」

助けて！　自分のメイドに脅迫されています！

「ねぇ、悠くん♪　傘が一本しかないなら二人で一緒に帰るしかないよね？」

そういうと、愛坂は仕方ないから、とでも言わんばかりに僕の腕に抱き着いて来た。

「あ、愛坂さん……これは？」

「だって、傘が一本しかないんだから……こうしないと、濡《ぬ》れちゃうでしょう？」

「いや、そういう意味じゃなくてね……」

正直、胸が僕の腕に当たっていてそれどころじゃないんだけど……

「悠くん、何か言いたいことでもあるのかな？」

その瞬間、愛坂の胸の感触を味わっていた僕の腕に激痛が走った。

「痛い!? 愛坂! いたいいだぁああ!?」

「うん? 悠くん、どうしたのかな~?」

そう言いながらも、愛坂は絡ませた腕をさらに締め上げてきた。もう、胸の感触を味わうどうこうのレベルではない。

「いや、どうしたのって……」

コイツ、まさか——


僕が傘を奪って一人だけ先に帰るのを警戒しているな……?

クソッ! だから、腕に抱き着きながらも傘は手放さないのか! つまり、これは腕組み相合傘と見せかけて僕を逃がさないためのアームロックなんだ!

すると、愛坂は笑顔でこう言った。

「さぁ、悠くん……『一緒に帰ろう』?」

それは、つまり『一緒に帰る』か『腕を一本渡す』か選べという意味の笑顔だろう。

一体、何処にご主人様の腕をもぎ取ろうとするメイドがいるのだろうか?

「分かったよ。僕の負けだ……一緒に帰ろう」

「やった! 悠くん、大好き!」

まったく、なんて中身のない『大好き』なんだろう。

まぁ、愛坂からしたら、これも全部僕の近くにいるための演技だからな。

「はぁ、皆からの視線が痛い……」

周りを見れば、その様子を途中から見ていた生徒から怒りの視線が僕に向けられていた。

愛坂の口調も途中から『優等生モード』になっていたので、彼女もその生徒達《たち》の視線に気づいていたのだろう。

畜生、こうならないように早めに教室を出て帰ろうとしていたのに……。

「悠くん、他人の視線なんか気にしなくていいんだよ？」

「それは、僕には無理だね……」

「なら、私が見えないように隠してあげようか？」

そういうと、愛坂は僕の顔を自分に振り向かせて、周りの視線から僕と彼女の顔を隠すように傘をかざした。

そして……何故か、愛坂の顔が徐々に僕に近づいて――

「あ、愛坂……さん？」

「嫌なら、振りほどいてもいいよ？」

傘のおかげで後ろからは、ただ愛坂が僕にくっ付いているようにしか見えないだろうが……いや、それはそれで問題だな。

でも、今はそれ以上に何で彼女が急に顔を近づけて来るのか？　そして、僕はどうすればいいのか……

これではいけないと思っているのに、何故か愛坂から目を逸《そ》らすことができない。

それに、彼女の瞳はとても綺麗《きれい》で――

『貴方《あなた》は……私を幸せにできますか？』

その瞬間、僕は彼女の言葉を思い出した。

だから、この感情は勘違いなんだ。

だって、愛坂がメイドになったのは――

「あーと！　足が滑ったぁあああああああああああああああああああ！」

そう叫ぶと、僕はコケたフリをして、土砂降りの校舎の外へとダイブした。

「ゆ、悠くん!?　ちょっと、何しているの!?」

突然の僕の行動に愛坂が心配して駆け寄ってくれるが、当然こんなことをして無事なわけがなく、僕は思いっきり転がった所為《せい》で全身ずぶ濡れだ。

愛坂は呆《あき》れながらも、ポケットからハンカチを取り出して、濡れた僕の顔だけでもと、そのハンカチで拭いてくれた。

「もう、悠くんってばドジなんだから！」

「ごめん、ちょっとビックリして足が滑っちゃった」

……うん。だけど、これでいい。

「でも、こんなに濡れちゃったら、愛坂さんの傘に入れてもらう意味も無いよね？」

「ご主っ……ゆ、悠くん……？　まさか……」

僕がそう言った瞬間、愛坂は僕がコケた本当の『理由』に気づいたのか、彼女の表情がピキリと固まった。

「愛坂さん、仕方ないから、僕はこのまま濡れて帰るね！」

そう！　つまり、僕が濡れてしまった以上、わざわざ愛坂に傘を借りる理由はないのだ！

「ゆ、悠くんは……そこまでして、私と一緒に帰りたくないんだ……」

「い、いや！　そうじゃなくてね？　これは偶々《たまたま》コケちゃっただけでね？」

ヤバイ……何か、愛坂が今までにないくらいに怒っている気がする……よし、ここはとっとと逃げた方がいいだろう！

「じゃあ、僕は先に帰るから！　傘は愛坂さんが使いなよ！」

そして、僕は愛坂の非難するような視線から逃げるようにその場から立ち去ったのだ。

「ゆ、悠くんの……ばかぁああああああああああああああっ！」

何故《なぜ》か、彼女の叫び声だけが雨にかき消されず聞こえてきた。

**【過程と結果】**

「へくしゅ！」


玄関で僕がくしゃみをすると、制服姿の愛坂がタオルを渡してくれた。

「ご主人様がワザと転んだりするからですよ。もし､風邪を引いたらどうするのですか？」

「いや、愛坂を置いて帰ったのは悪いと思っているけどさ……」

あの後、僕は愛坂を置いて先に家に走って帰ったはずなのだが、なんと、家に帰り玄関を開けると、何故か学校に置いてきたはずの愛坂がタオルを持って待ち構えていたのだ。

軽くホラーである。

「何で愛坂が僕より先に家に帰っているのさ……」

一応、僕はこの雨の中を走って帰って来たはずなんだけど……おかしくない？

「ご主人様の帰りをお迎えするのはメイドの務めですから」

そう言うと、愛坂は僕の悔しがる顔が嬉《うれ》しいのか珍しく誇らしげな笑みを浮かべた。

「答えになってないんだよなぁ……」

「ご主人様、メイドは結果が全てなのです。なら、そこにいたるまでの過程など、一流のメイドとなれば、どうでもいいのです」

「まるでギャングかブラック企業みたいな考えだな」

因《ちな》みに、僕は過程も大事だと思うけどね。

「それに、愛坂《あいさか》がどうやって先に帰ったのか分かれば、僕の通学時間が短くなるかもしれないだろう？」

「ご主人様には難しいかと思いますが……」

お前は一体どんな手段を使って帰って来たんだよ……。

「だけど、流石《さすが》の愛坂もメイド服に着替えるまでの時間は無かったみたいだね？」

僕が指摘した通り、愛坂の服装は制服のままだった。

つまり、彼女もついさっき帰宅したばかりということだろう。

「着替えたくても、このままでは玄関を濡らしてしまいますからね」

確かに、よく見ると愛坂の髪が少し濡れているように見える。傘はあったはずなのに髪が濡れているということは、そうとうな無茶をして帰って来たんだろうか？

「まぁ、ご主人様が私と一緒に帰ってくだされば私も濡れずに済んだのですが……」

そう言うと、愛坂は責めるようにジト目で僕を見つめてきた。

「なぁ、愛坂。やっぱり、僕が走って帰ったの……怒っている？」

「いいえ、全然怒っていませんが……何か？」

その言い方……絶対に怒ってるじゃん。

「私を置いて一人で帰る悠くんなんて、風邪でも引いちゃえばいいんだもん！……なんて、私はメイドさんですから思ってもいませんよ？」

「それ、メイドさんじゃなかったら『怒っている』って意味だよね？」

なんて言って、いつまでもここにいたら、愛坂の言う通り本当に風邪を引いちゃうな。

「ご主人様がご希望でしたら、直《す》ぐにメイド服に着替えますので、外でお待ちいただいてもよろしいでしょうか？」

「それだと、僕は愛坂が着替えるまで、ずぶ濡《ぬ》れで外に放り出されることになるよね？」

「なるほど……つまり、ご主人様は私の着替えを見たいということでしょうか……？」

「そうは言ってないよね!?」

僕が直ぐにそう否定すると、愛坂は何故かまたジト目で僕を見つめて言った。

「でも、今朝の着替えは見ましたよね……？」

「うっ！　あ、あれは……」

流石にあれは僕に非があるので、言葉に詰まってしまう。

すると、それを見てか愛坂が僕をフォローするように優しく微笑《ほほえ》みながら言った。

「ご主人様、大丈夫です。据え膳食わぬは男の恥という言葉があります。つまり、私の着替えをしっかりと堪能したご主人様は男性として正しいのです」

「いやいや！　それを言うなら『据え膳食わぬは男の恥』だからね!?　決して、男と書いて主《あるじ》と読まないし、メイドさんがそんな言葉を使っちゃいけません！」

まったく、愛坂は隙あらばいつもこうやって僕をからかってくるんだから……これさえなければ本当に優秀なメイドさんなんだけどなぁ……。

「へくち！」

そんなやり取りをしていたせいで体が冷えたのか、僕は思わずくしゃみをしてしまった。

どうやら、濡れた状態で玄関にいすぎたようだ。

「ご主人様、それより早くお風呂に入ってはいかがでしょうか？　濡れた制服のままだと本当に風邪を引いてしまいます」

いや、誰のせいでこんな長話をしていると思っているんだよ……。

「しかし、元はと言えばご主人様がコケたりして濡れなければ大丈夫だった話ですよね？」

「ぐぬぬ……」

どうやら、メイドさんはレスバにも強いみたいだ。

「分かりましたら、ご主人様はさっさとお風呂に入って来てください。でないと、私もメイド服に着替えられません。それに、私もお風呂には入りたいので……」

「なら、僕は後でいいから、愛坂が先に入って着替えて来なよ」

見た目だけ見ればずぶ濡れなのは僕の方だが、しかし、愛坂だって髪が濡れているし、このままの愛坂を待たせて、自分が先にお風呂に入るのは何故かダメな気がする。

しかし、愛坂はその僕の提案を否定した。

「それはできません。メイドが主を優先しなくてどうするのですか」

愛坂はそう言うけど、彼女が言ったように、僕がずぶ濡れになったのは自分の責任だ。

しかし、愛坂が濡れてしまったのは僕に原因がある。

なら、ここは愛坂に先を譲るのが正しいのではないだろうか？

「そうは言っても、お風呂は一つしかないんだから、僕と愛坂のどっちかが先に入るしかないじゃないか？」

僕がそう言うと、愛坂は名案でも思い付いたのか、軽い笑みを浮かべてこう言った。

「そうですね……では、ご主人様。一緒に入りま――」

「分かった！　僕が先に入らせてもらうね！」

その瞬間、僕は有無を言わさずに玄関からお風呂へと直行した。

流石に、その提案だけは……どう考えてもアウトだろう。

「……どうやら、ご主人様にはお仕置きが必要なようですね」

その時、僕の後ろから、なんか聞こえたのはきっと気のせいだろう。

**【ご奉仕】**


「まったく、愛坂は……とりあえず、シャワーだけ浴びてなるべく早く上がるか」

あの後、僕は風呂に入り、待っている愛坂のためにも直ぐにシャワーを浴び始めた。

「愛坂が一緒に入るとか言い出しかけた時は本当に焦ったな……」

だって、愛坂のことだから本当にお風呂に一緒に入ろうとしたりして――


「ご主人様、失礼します……」


――と思ったその時、風呂場のドアが開く音がし、何故か背後から愛坂の声がした。

何だろう……ものすごく嫌な予感がするんだけど？

いや、でも……そんなまさかね？　そう思いながら、後ろを振り返ると、そこにはいつものメイド服姿の彼女ではなく――

「愛坂!?」

何故か、カチューシャとバスタオルを装備しただけの愛坂がそこにいた。

「何で風呂場に入ってくるんだよ!?」

「ご主人様、何を言っているのですか？　一緒に入りましょうと言ったじゃないですか？」

「僕は了承してないよね!?」

それが嫌だったから、僕が先にお風呂に入ったんだよね!?

「ですが、ご主人様は『僕は先に入っているから、愛坂も早く服を脱いで一緒に入ろう』と——」

「発言の捏造《ねつぞう》が酷《ひど》すぎるんじゃないかな!?」

先に入っているから、は『後から入って来い』って意味じゃないから!

「そ、それに……その格好は何なのさ?」

裸にバスタオルだけって結構際どい格好だな……。それに、僕達《たち》は一応年頃の男女なんだから、流石に裸はどうかと……。

「ご主人様、ご安心ください。一応、バスタオルの下は水着ですので裸ではありません。なので、セーフです。健全です」

「な、なるほど……」

それなら、セーフ……なのかな? いや、本当に健全か?

「だけど、何でカチューシャは付けたままなの? お風呂なんだから、それも外した方がいいんじゃないかな?」

バスタオルの下が水着なのは分かったけど、カチューシャはいらないよね?

そう思って、無意識に僕が愛坂のカチューシャに触ろうとしたら、愛坂がそれを察知して何故《なぜ》か恥じらうように後退して叫んだ。

「ご、ご主人様の変態！」

「何で!?」

僕は何でいきなり自分のメイドに変態呼ばわりされたんだ!? てか、この状況で僕が変態って言われるのは理不尽すぎるよね？

「だって、ご主人様ってば……今、私のカチューシャを取ろうとしたじゃないですか！」

「いや、別にちょっと触ろうとしただけで……てか、愛坂がそのカチューシャを外したら何か問題でもあるの？」

「あ、当たり前です！ だって……」

「だって？」

何だろう……もしかして、メイドさんのカチューシャには何か特別な秘密でも——

「カチューシャが無いと、ほぼ全裸じゃないですか！」

「意味が分からないんだけど!?」

カチューシャがあっても無くても、お前は現在進行形でほぼ全裸だよ!?

「逆に、カチューシャを付けることで、全裸じゃなくなる理由が分からないんだけど……」

「ご、ご主人様は何を言っているのですか！」

そういうと、愛坂はカチューシャを押さえながら、偉そうにその意図を説明し始めた。

「いいですか？　メイド服を着ていなくても、カチューシャを付けていればそれだけで『メイドさん』なのです！　しかし、カチューシャすら付けてなかったら、愛坂はただの可愛《かわい》い女の子じゃないですか！」

そこで、わざわざ、可愛いとか付けるな。ややこしいから……しかし、愛坂の言いたいことも、何となくは分かった気がする。

「つまり、お前はカチューシャも『メイド服』の一部だと言いたいんだな？」

要は、脱衣ジャンケンで負けた時に靴下を衣服として扱うような気持ちなんだろう。

「流石はご主人様です。そう、メイドさんにとってカチューシャというのは大事な衣装の一部なのです！　いいえ、もはや、体の一部と言ってもいいほどにメイドさんにとって、カチューシャは重要なパーツなのです！」

「でも、体の一部なら、やっぱり『全裸』なんじゃないか……？」

「ご主人様！」

「はい、すいません！」

いかんいかん、ついうっかり余計なことを言ってしまった。

しかし、そう考えると今の愛坂は全裸ではないという認識でいいんだよな？

まぁ、愛坂もバスタオルの下に水着を着ているとは言っているしな。

だとしたら、この格好はもはや新しい『メイド服』と言ってもいいのではないだろうか？　そう『メイド服』であるなら、わざわざ、僕が視線を逸《そ》らす必要もないのでは？

「じぃ――……」

「ご主人様……？」

そして、できれば愛坂《あいさか》の新しいメイド服として本採用も視野に入れて――

「……ご主人様のヘンタイ」

「これは理不尽だよね!?」

だって、それは愛坂が『裸じゃない』って言ったんじゃないか！

「そもそも、愛坂がそんな格好で入って来るのが悪いんじゃないか」

「つまり、ご主人様は自分のメイドに欲情しているということでよろしいですか？」

「……え？」

いや、何を言っているんだ？

「だって、そうですよね？　ただのメイドと思っているのなら、私がこんな格好をしても平気なはずです。しかし、気になるということは……？」

なるほど……確かに、それは一理あ――

「――って、それだと僕が自分のメイドにご奉仕させている変態みたいじゃないか!?」

「……違うのですか？」

「全然、違うから!?」

それに、僕は自分のメイドには絶対に手を出さないと誓っている。

だって、愛坂みたいな美少女と二人暮らしで手なんか出したら、今後の生活が気まずくなってしまうだろう？

正直、僕は愛坂無しでは一人で暮らしていける自信がまったくない。なので、愛坂に嫌われてしまうと生きていけないのだ。

すると、愛坂は少しムッとした表情をしたあと、僕を試すようなことを言ってきた。

「なら……私が、このままご主人様の体を洗ってもよろしいですよね？」

「え!? い、いや……てか、体くらい自分で洗えるから！」

それに、それはまた別の問題だと思うんだよね……うん！

そんな僕の表情を読み取ってか、愛坂から妥協案が出された。

「では、お背中を流すくらいはよろしいでしょうか？」

「背中……？」

「はい、ご主人様は『自分で洗えるから』と言いましたよね？　しかし、お背中は洗いにくいと思うのでお手伝いさせていただけないでしょうか？」

「まぁ、それなら……」

あれ？　てか、何で僕が妥協しているんだ……？

そもそも、お風呂に入って来るのがおかしいという話だったと思うんだけど――

「それとも、ご主人様はただのメイドにお背中を洗われるだけでも欲情してしまうということでしょうか？」

「それはない！　絶対にないから！」

「なら、お背中を洗うくらいは大丈夫ですよね？」

「わ、分かったよ……」

なんか、上手《うま》く言いくるめられたような気がするな。

もしかして、愛坂は最初っからこれが目的だったとか……いや、まさかね？

「では、ご主人様。お背中を流しますので座ってください」

「う、うん……」

言われた通り、愛坂に背を向けて椅子に座ると、愛坂の手がハンドタオル越しに背中に触れて、ゆっくりと僕の背中を洗い始めた。

ヤバイ、なんだか変に緊張してしまうな。

すると、僕の緊張を感じ取ったのか、愛坂が確認するように問いかけて来た。

「……ご主人様、大丈夫ですか？」

「べ、別に……僕は全然意識なんてしてないよ！」

「私は力加減を聞いたつもりなんですが？」

「――っ⁉」

やられた……っ！

「フフ……どうやら、ご主人様はご緊張なさっているみたいですね」

そういう、愛坂の声色はいつも通りだ。

もしかして、緊張しているのは僕だけなのだろうか？

「愛坂はどうなの？　緊張はしないの……」

そう思って彼女に問いかけると、愛坂はあっさりと答えた。

「はい、メイドですから」

それを聞いて、さっきまでの緊張が一瞬にして冷めた気がした。

そうだ。愛坂はメイドさんだから、仕方なくやっているんだ。

だというのに、僕は何を浮かれていたんだろう。

この愛坂の行動は僕への好意ではない。だって、そうだろう？

こんなことをしても、愛坂にメリットなんて無いのだから……これはただのメイドさんとしての義務にすぎないのだ。

なのに、僕はそんな愛坂の義務を好意だと勘違いしている。

本当に……僕は最低だ。

そう、ここにいるのは愛坂という、ただの『メイドさん』だ。

「……ご主人様？」

「愛坂、僕はもういいから——」

そんな思考が嫌になり、とっさに椅子から立ち上がろうとしたからだろうか？

「——え？」

立ち上がった僕の足元に、何故かさっきまで無かったはずの石鹸《せっけん》が落ちていて——

「うわぁ！」

「ご主人様!?」


それを踏んでしまった僕は愛坂を巻き込んで、その場で転倒してしまった。


「いたた……って、あれ？　痛くない？」

「ご主人様、大丈夫ですか？」

目を開けると、愛坂が僕の真下にいた。どうやら、倒れる時に愛坂が下敷きになるように体を入れ替えていたらしい。

「愛坂……ご、ゴメン！　わざとじゃないんだ！」

「ご主人様、大丈夫です。私は受け身を取っていましたから……」

あの状況で、とっさに僕をかばって受け身まで取ったのか……流石《さすが》は愛坂だな。

「で、ですから……ご主人様、できればその手に持っている物を渡してくれますか？」

そう言われて、僕は自分の右手に愛坂のカチューシャがあることに気づいた。

どうやら、倒れた際に愛坂のカチューシャを握ってしまったらしい。

「え？　あ、うん……ゴメン！」

そう言って、愛坂にカチューシャを返そうとしたその時、僕にある考えが浮かんだ。

「ご、ご主人様？」

「愛坂、ちょっと待ってくれないかな……」

確かに、自分のメイドに欲情するのはご主人様としてアウトかもしれない。

だけど、愛坂がこのカチューシャを『メイド服』だというのなら――

今の愛坂は『ただの女の子』という事になるのではないだろうか……？


つまり、今僕は普通の女の子に欲情しているだけなんだ！


「えっと……ご主人様は何でカチューシャを返してくれないんでしょうか……？」

「いや……もう少し、カチューシャをしてない愛坂を見ていたいなぁ～って……」

「それは一体どんな感情ですか!?」

「大丈夫、大丈夫。カチューシャが無くても、愛坂は大して変わらないって」

「だ、だから……カチューシャがないと、私はただの全裸じゃないですか！」

いや、カチューシャがあっても今の君は全裸だと思うよ？

「あれ？　でも、全裸って……水着は着ているんだよね？」

「──っ!?　そ、そうですけどぉ……」

え、何その反応？

「まさか、愛坂……そのバスタオルの下は……」

「ご、ご主人様は一体何を想像されているのですか!?　ごご、ご主人様は変態です！」

「流石に、それは冤罪《えんざい》すぎじゃないのかな!?」

「と、とにかく……私はのぼせたみたいなので、失礼します！」

そういうと、愛坂はお風呂場からいなくなってしまった。

「まったく、何なんだよ……」

その後……しばらく、僕はお風呂から上がることはできなかった。

「このカチューシャどうしよう……」

# 第二章

## 【ラブレター】

「ん、何だこれ……？」

朝、登校して下駄箱《げたばこ》を開けたら、手紙が入っていた。一体、いつから僕の下駄箱は郵便ポストになったんだろうか？

「差出人の名前は……書かれてないな」

しかし、手紙の裏には『早乙女《さおとめ》くんへ』としっかり書かれているので、僕宛の手紙というのは間違いないだろう。

「朝のＨＲまでは少し時間があるな……」

そう思いながら、僕は少しの期待と不安を抱え、急いでトイレの個室に駆け込みその手紙の内容を確認した。

すると、そこにはやけに綺麗《きれい》な字でこう書かれていた。

『早乙女くんへ

好きです。

放課後、屋上で待っています。

貴方《あなた》の運命の人より』

「愛坂《あいさか》！　大変だぁあああああ！　これを見てくれぇえええええええ！」

「ふぇ！　ご主——じゃなくて……ゆ、悠《ゆう》くん!?　ど、どうしたの!?」

手紙の内容を確認した僕は思わず、ここが学校なのも忘れて教室まで愛坂を呼びに行ったのだった。


「なるほど、事情は分かりました……」

その後、愛坂を連れ出した僕は学校の屋上で例の手紙を愛坂に見せていた。

教室では僕がいきなりクラスの人気者である愛坂を連れ出したことで大騒ぎだったけど……まぁ、それは愛坂が何とか誤魔化してくれるだろう。

それよりも、今はこの手紙の方が大事だ。

だって、この手紙は――

「僕を普通の高校生として見てくれる人がこの学校にいるってことじゃないか！」

今まで僕は早乙女家の一人息子としてでしか周りの人間に評価されなかった。

だけど、この人は違う！

「この手紙の人は僕を普通の高校生として評価して好きって告白してくれたんだよ！」

「ご主人様は『普通の高校生』というよりは『ぼっちの高校生』って感じですが……」

「そんなのどっちも同じみたいなもんじゃないか！」

「それを同じにしたら、全ての男子高校生が、ぼっちになりませんか？」

そんな少し興奮気味の僕を見て、愛坂は若干冷めた感じでそう答えた。

一応、学校内だが、ここが屋上だからか愛坂の口調はいつものメイドさんモードだ。

いや、いつものメイドさんの時より若干冷たい気がするのは気のせいか……？

「それでも、この人はそんな僕を普通の高校生として、好きになってくれたんだ」

こんな人はこの学校に来て初めてだ！

しかし、今までロクに他のクラスメイトと交流しなかったから、この手紙の差出人が誰なのか分からないのが問題だな。

まぁ、放課後になれば会えるわけだけど……

「なぁ、愛坂はこの手紙の差出人はどんな人だと思う？」

すると、愛坂が恐る恐るといった感じで僕に質問をして来た。

「ご主人様は……その子と付き合うつもりなんですか？」

「え？」

「ですから、その手紙はラブレターなんですよね？　じゃあ、会いたいってことは……」

「あ……」

そうか、言われて気づいた。

これって、ラブレターってことになるのか？

確かに、前に読んだ漫画にも下駄箱に手紙を入れて告白するみたいなシーンがあったが、僕としたことがてっきり『友達になりたい』くらいの気持ちで考えていたな。

しかも、ちゃんと手紙に、好きって書いてあるじゃないか。

てか、この手紙よく見ると……

「それは……会ってみないと分からないかな」

「つまり、会ったら誰とでも付き合うと……？」

「いやいや!?　ま、まずは友達になりたいというか——ね？」

「友達から始めて、ゆくゆくは愛人に……」

「そういうことじゃなくてね!?」

てか、何で愛人なんだよ！　そこは普通、恋人じゃないの!?

だけど、よく考えれば僕が誰かと付き合うっていうのは難しいと思う。何故《なぜ》ならば、僕が勝手に誰かと付き合うのを僕の実家が許さないからだ。

普段は忘れがちだが、愛坂はそういうお目付け役みたいな意味もあって僕と一緒にいる。

だから、僕が誰かと付き合えば、愛坂は直《す》ぐに僕の実家へと報告するだろう。

「だけど、愛坂。この手紙の人はもしかしたら、そういう気は無いのかもしれないだろ？」

だからこそ、実際に会ってみないと答えは出せないのだ。

「それに、もしかしたら、僕もようやくこの学校で友達ができるかもしれないだろ」

そんな風に少し、浮かれた調子で僕が喋《しゃべ》っていると、愛坂が何か小さく呟《つぶや》いた。

「私がいるのに……」

「愛坂？」

「な、なんでもありません！」

そう言うと、愛坂は僕を置いて教室に戻ってしまった。

**【メイドさんの裏側】**


「むぅ……」

私が隣の席を見ると、そこには授業中にもかかわらず手紙を見て嬉《うれ》しそうににやける残念なご主人様の姿があった。

「早く放課後にならないかな～」

そんなご主人様の様子を見るたびに私の心にはどうしようもないモヤモヤとした気持ちと後悔が渦巻いていく……。何故、それで私がご主人様にこんな罪悪感を抱いているかというと、その手紙の差出人が私だからだ。

まさか、ご主人様があんなに喜ぶなんて予想もしていなかった。しかも、その喜んでいる理由がラブレターを貰《もら》ったことではなく――

ご主人様を『普通の男の子』として見てくれた人物がいたという喜びだからだ。

なのに、それを出したのが私だと知ったら、ご主人様はきっとガッカリするに決まっているだろう。

「はぁ……」

こんなの、今更私が手紙の差出人だと言える空気ではとてもなくなってしまった。

そもそも、今回の事だって、いつもの軽いイタズラのつもりだった。

だけど、手紙を受け取ったご主人様はそれを、本物と受け取ってしまった。

本来なら、学校での『愛坂』のノリで――

『ジャーン！　実は手紙の差出人は私でしたー。どう、悠くん。ドキドキした？』

『なんだ。あの手紙は愛坂のイタズラだったのか。まぁ、そんな事だろうと思ったよ』

――で終わるだけのつもりだった。なのに、結果はこのモヤモヤとした気持ちが残った。

そもそも、あんなラブレターであそこまで喜ぶなんて思わなかったし……

「へへ～♪」

というか……ご主人様ってば、少しニヤけすぎではないでしょうか？

昼休み、私は屋上にきてあの手紙について頭を悩ませていた。

「はぁ、迂闊《うかつ》でした……」

私はバカだ。

もっと、冷静になればこんなことにはならなかったのに……

「しかし、こうなったら、もう切り替えるしかないですね」

やってしまったことは仕方ないのだ。

なら、さしあたって、今はこの状況をどうするかだけど……

「問題は放課後……」

今更、手紙を書いたのが私だなんてとても言える空気じゃないし、だとしても、このままでは、ご主人様は現れない手紙の相手を延々と待つことになってしまう。

「どうしよう……」

なら、いっそのこと事実を打ち明けてしまったらどうだろう？

『え、愛坂が何で屋上にいるの？』

『ご主人様、実は――』

「そんなのとても無理だ……」

もし、ご主人様に事実を伝えたとしても、ご主人様が許してくれるとは限らない……。

むしろ、これでご主人様に受け入れてもらえなかったら、私は――

「もう、一緒になんていられない……」

ならこのまま黙っていた方が良いのではないかと思ってしまう自分がいる。

「だって、それがご主人様の求めているものだから――」


その瞬間、屋上のドアが開きご主人様が屋上にやって来た。

「愛坂～？　ここにいるのかー？」


「ご主人様、何でしょうか……。お昼休みにもかかわらず私を捜しに来るなんて、もしかして、そんなに私が恋しかったのですか？」

「ち、違うって！　ただ、手紙の事でちょっと相談したくて……愛坂を捜しに来たんだよ」

「かーらーのぉ～？」

「そんな振りをされても、これ以上何もないからね!?」

はぁ……ご主人様ってば、少しくらい期待させてくれてもいいじゃないですか……

まったく、本当に冗談が通じないお方ですね。

「それで、手紙の事で相談があるという話でしたが？」

「うん、やっぱりこういうのは愛坂《あいさか》の意見もちゃんと聞いておくべきだと思ったんだよね」

それを聞きたくないから、私はここまで逃げてきたのに……私に相談する前にトイレで手紙を確認していたくせによく言う口だ。

「ねぇ、愛坂はどう思う？」

「……どうとは？」

「その……この手紙をくれた人ってどんな人なのかなとか？」

私です。

——とは、流石《さすが》に言えないですねぇ……

「……さあ？　そんなこと私が知るわけないじゃないですか」

「それはそうだけど……」

「つまり、ご主人様はこの手紙から相手がどんな人物か読み取れというわけですね？」

「なんか、愛坂ならこう心理分析的なことできないかなって……ダメ？」

うぅ……そんな、チワワみたいな目で私を見ないでください！　思わず『私が書きました！』って言ってしまいそうになるじゃないですか……

でも、少し匂わすだけなら——

「まぁ、少しだけならできなくもないですが……」

「愛坂、本当!?」

「ハイ、ですが、ご主人様。これはあくまで手紙の内容から読み取れる私なりの分析なので、必ず当たっているという保証はありませんからね？」

「もちろんだよ！」

まぁ、これくらい念押ししておけば、私の自作自演だという深読みはされないだろう。

「では、強いて挙げるなら……」

「挙げるなら？」

ここでこの手紙の女性が私みたいな美少女だと言うのは簡単だけど、少しあいまいにするくらいがちょうどいいだろう。

「この女の子はとても心が綺麗《きれい》な女性ですね」

「ほう……それは何で？」

「ご主人様、この手紙の字を見てください」

「字？」

「はい、この手紙の字が綺麗なことから、ある程度の教養がある人物と推測できます」

「なるほど！」

「なので、そういう人物なら己の容姿にもきちんとしていると考えられるので、字や文章から感じとれるような綺麗な女性であると推測できるのです」

そう、まるで私みたいなご主人様好みの女性であることでしょう！　とまで言うのは流石にあからさまなので、ここくらいで抑えておくのがベターでしょう。

「流石は愛坂！　なんてできるメイドさんなんだ！」

はい！　愛坂はとてもよくできるメイドさんなのです！

「愛坂、それで続きは？」

「つ、続きですか……？」

「うん！　愛坂なら、まだ他にもこの手紙から読み取れることがあるんじゃないのかな？」

「も、もちろんです！　お任せください」

これ以上話すのは、少し危ないような気もしますが……でも、この手紙を書いたのが私だとは気づかれてないみたいですし……す、少しくらいなら、大丈夫でしょうか？

「そうですね……それと、ピーマンが嫌いな男の子は多分、好みではないでしょう」

「そこまで分かるの!?　てか、それピーマンが嫌いなのって僕のことだよね!?」

この際だし、普段のご主人様の愚痴も追加してしまいましょう。

「あと、多分トイレの便座を上げっぱなしにする男性は嫌いなタイプです」

「多分、それも僕のことだよね!?　てか、何でそこまで分かるのさ!?」

「字が綺麗なので」

「字が綺麗なだけでそこまで相手の性格って分かるものなの!?」

「ご主人様、よく考えてみてください。字が綺麗ということは、相手はとても几帳面《きちょうめん》な性格だと読み取れます」

「まぁ、そうだね……」

「つまり、几帳面な性格ということはそれだけ綺麗好きであり、ピーマンを残すような人は好みではないと考えられるのです」

「なるほど、言われてみればそんな気がするような……」

「なので、ご主人様がこのお相手に好かれたいと思うのなら、今後ピーマンは必ず残さないのと、トイレの便座は必ず下ろすようにしてください」

「ねぇ、愛坂。なんかこれを良いことに僕への不満を述べているような気がするのは気のせいかな……？」

「そんなことをこの愛坂がするわけないじゃないですか？　それとも、ご主人様は私の言葉を嘘《うそ》だと思うのですか？」

「わ、分かったよ……」

ふぅ、なんとか誤魔化せたようですね。

まぁ、少なくとも今言ったことは全部この手紙を書いた私が本当に思っていることであり、嘘を言っているわけでは無いので、問題はないだろう。

だけど、これだけではかわいそうなので、少しだけサービスしてあげますか……。

「ご主人様、この手紙を書いた女の子はとても臆病な方だと思われます」

「臆病？」

「はい」

そう、この女の子はとても臆病だ。

「自分をさらけ出すのが怖い……それがこの手紙の内容から伝わってきます」

本当の自分を見せるのが怖い。

「だから手紙に名前が書かれていないのです」

手紙という『仮面』で自分《名前》を隠している。

「なので……もしかしたら、この屋上に来ない可能性も十分にあるかと思います」

「……確かに、そうかもしれないね」

そういうと、ご主人様は少し寂しそうな顔をした。

それでも、ご主人様はここで待つつもりなのだろう。

だって、彼はそういう人だから……

「……以上が、私がこの手紙から読み取れる人物像の全てです」

「そうか……でも、やっぱり愛坂は凄《すご》いね！　この手紙だけでそこまで分かるんだから」

「これでも、メイドですから」

「メイドさんって心理学のプロなの？」

「似たようなものですね」

「そうなんだ……」

まぁ、ご主人様限定の心理学のプロですが。

「でも、放課後が楽しみだなぁ～」

「そんなに会いたいのですか？」

「当たり前だろう？　だって、この学校で本当の僕を見てくれる人なんだから！」

そう言うご主人様の顔はとても純粋で眩《まぶ》しくて……だからこそ、それに耐え切れなくなった私はこの屋上から逃げることにした。

「ご主人様、飲み物が足りないようなので買ってきますね」

私は空になりかけているご主人様のペットボトルの紅茶を指さしながらそう口にした。

「え？　別に、もうお昼休みも終わるし大丈夫だよ」

「いいえ、必要なくとも仮にもメイドが主《あるじ》の飲み物を切らすのは言語道断、あるまじき失態です！　ですから、必要なくても直《す》ぐに買って戻りますので少々お待ちください」

「うーん、まぁ、愛坂がそこまで言うのなら任せるよ」

「ありがとうございます。では、直ぐにお戻りいたします」

そう言い訳を理由にして、私は屋上を後にした。

そして、屋上から出た安心感からか、私は思わず自分の弱音を吐いてしまった。

「もう！　何でこうなるの……」

私の役目はメイドとしてご主人様のそばにいることだ。

別に、恋人とかはそのための手段にすぎない。

なのに——

「何で、期待するようなことを言うんですか……」

だから、こんなことになってしまうのだ。

「もし、私がメイドじゃなかったら……」

ご主人様……いや、彼は私を選んでくれるのだろうか？

「これがただの我儘《わがまま》だって分かっている」

本当はただ、私を見て欲しいだけだ……。

「だけど、彼には恩がある」

この恩があるかぎり私はメイドでないといけない。

「だって、私は彼の『メイドさん』なのだから……」

## 【運命の人】

「ご主人様、まだ待つつもりですか……？」

放課後、学校の屋上で手紙の差出人を待っていると、後ろから愛坂が声をかけてきた。

もう、愛坂のこの言葉を聞くのも何度目だろうか？

ＨＲが終わると、僕は手紙の差出人を待つために直ぐにこの屋上へと駆け付けた。しかし、あれから何時間待っても未《いま》だに手紙の差出人は現れていない。

「ご主人様、もうすでに下校時間は迫っています。これ以上お待ちになっても……」

「うん、分かっている」

確かに、愛坂の言いたいことは分かる。これだけ待っているんだから、もう学校に残っている生徒はとっくにいないだろう。

だから、愛坂がそういうのも仕方ないことだ。

「だけど、もう少しだけ待たせてくれないかな？」

「それはいいですが……ご主人様は、その方と会ってどうしたいのですか？」

そう言うと、愛坂は僕の顔を見つめてきた。

まるで、その視線は僕に『その子と付き合うつもりですか？』とでも語りかけて来ているような気がした。

だけど、そのつもりは無い。

だって、僕がその子に会いたい理由は――

「せめて、会ってちゃんと返事をしたいんだ」

「返事ですか……つまり、ご主人様はその子の告白を断るつもりなんですね？」

「そうだね……」

「なら、断るためだけに、相手を待つというのは、酷なのではないでしょうか？」

「だとしても、僕は彼女の気持ちにちゃんと答えたいんだよ」

「気持ちに応えたい……それって、つまり……」

「あぁ……」

確かに、ラブレターを貰《もら》ったからといって付き合うことはできない。

それは、僕には大切な人がいるから……という理由だけでなく今の僕には、誰かと付き合う資格なんて無いのだ。

だけど、愛坂《あいさか》に『付き合うのか？』と言われて、僕もちゃんと考えた。

きっと、彼女はこの手紙を出すだけでもかなりの勇気を出したはずだ。

なら、僕もその気持ちに応えなければいけない。

せめて……ちゃんとした言葉でその気持ちを伝えなきゃいけない。

「それに、この手紙を書いた人がどんな相手でも、僕はこの気持ちに応えないと失礼だと思うんだよね」

「そうですか……」

僕の返事を聞くと、何故《なぜ》か愛坂は一瞬だけ顔を横に逸《そ》らした。

どうしたんだろう？　屋上の入口に誰か来たのかな？

しかし、入口を見てもそこに人影の気配はない。

すると、再び愛坂が僕の顔を見て口を開いた。

「だけど、本当に手紙の人物が、どんな相手でもいいのですか？」

「え、何で……？」

別に、まだ会うと決まったわけじゃないし、たとえそれがどんな人物でも僕は……

「もしかしたら、手紙の差出人が男性という可能性も……」

「おい、止《や》めろ！」

そ、そんな可能性なんて……うっ、何だか差出人に会うのが怖くなってきた。

「で、でも……男だとしても、友人になりたいという可能性は……？」

「だけど、ここに『好きです♡』って――」

「勝手にハートマークを捏造《ねつぞう》するなぁあああああああああ！」

なんかそのラブレターが急におぞましい物に見えるだろ!?

「それとも、愛坂はこの手紙が誰かのイタズラだとでも言いたいのか？」

まぁ、確かにクラスで一番かわいいと評判の愛坂に手紙が来るならまだしも、僕に手紙が来るあたりイタズラという可能性も無くはないけど——

「別に、私はそう言いたいわけではありませんが……」

「じゃあ、どういう意味なのさ？」

すると、愛坂は可愛《かわい》らしく顋に人差し指を当てて「うーん」と、あざとく考える素振りを見せてから答えた。

「例えば、スパイ……という可能性はどうでしょうか？」

「スパイ？」

いや、何でスパイ？　それならまだイタズラとか言われた方が納得するんだけど……

「逆に否定できますか？　ご主人様はこんなのでも有名な資産家の一人息子です。どこかでそれを知った人物が一般人に紛れ込んでご主人様に取り入ろうと近づく可能性もあるのではないでしょうか？」

「まぁ、その可能性を言われたら、否定はできないけど……」

確かに、昔から『そういう人間』は存在していた。中には、あからさまな詐欺や誘拐などの犯罪になりかねないこともあったくらいだ。

まぁ、僕の祖父が元々実業家でいろんな人から恨みを買っているというのも原因なのだけど……だから、護衛として愛坂が僕のメイドをしているわけだしね。

「でも、それなら、なおさら会って直接確かめた方がいいだろう？」

僕は『そういう人』を小さい頃から見慣れている。昔から、資産家の息子として接していられた所為《せい》か、いささか他人を見る目には自信がある方だ。

僕はそんな人達《たち》を嫌というほど見て育ってきた。おかげで、目を見ればその人の言葉に悪意があるか簡単に見分けるくらいには自信がある。

だから、愛坂みたいに信頼している人間しか周りにはつけないようにしているのだ。

「それに……少なくとも、会わないと愛坂の言う通りスパイなのかすら分からないだろ？」

「確かに、そうですが……」

だけど、愛坂はまだ何か言いたそうな顔をしていた。もしかして、愛坂にはこの手紙になにか心当たりでもあるのだろうか？

「一応聞くけど……愛坂は他にそう思う理由はあるの？」

「それは、申し上げにくいのですが……」

あのいつも物事をハッキリと言葉にする愛坂がこうも言いづらそうにするとは珍しい。

よっぽど、言いづらい理由なのだろうか？

「遠慮しなくていいから、言ってみてよ」

すると、愛坂は僕の目を見てハッキリとその理由を告げた。

「だって、ご主人様を好きになるなんて、変な人がこの世にいると思えません」

「流石《さすが》に、その理由は酷《ひど》くないかな!?」

しかし、愛坂の目からは悪意的な感情はまったく感じられない。

まさか、コイツ本気で言っているのか……っ!?

まぁ、学校で、ぼっちの僕がモテるわけが無いという気持ちは分かるけど……だけど、これメイドが自分のご主人様に言って良い台詞《せりふ》じゃないよね？

「でも、愛坂の言う通りかもしれないね。だって、僕っていつも一人ぼっちだし……」

「ご主人様、それは少し違いますね」

「え、愛坂……？」

すると、愛坂は軽く笑みを浮かべてこう言った。

「だって、ご主人様の近くにはいつも私がいるではないですか？　ですから、ご主人様は一人ぼっちではありません」

……いや、それは君が僕のメイドだからだよね？

だけど、その言葉にも悪意は感じられない。もしかしたら、愛坂はこの発言で僕を励まそうとしてくれているのかもしれない。

まったく、なんて分かりづらい励まし方なんだろうか。

「それで、ご主人様はいつまで待つつもりなのですか？」

「もう少しだけいいかな？　せめて、日が暮れるまでは……」

日が暮れるまで時間はそんなに残されてないけど、それでもこの手紙の差出人が来るとしたら今日以外は無い気がする。

だから、せめて今日だけは待てるだけ待っていたいのだ。

「はぁ……それで風邪でも引いたらどうするのですか？」

「その時は、看病してくれる優秀なメイドさんが僕にはいるから大丈夫だね」

僕が得意げにそう言うと、愛坂は呆《あき》れたような顔をし、珍しく言い返してきた。

「それはどうでしょうか？　私にはその優秀で可愛いメイドさんが『そんなご主人様は看病しません！』とか言う未来が見えますが？」

「ぇぇ……」

どうやら、僕に『優しいメイドさん』がいると思っていたのは勘違いのようだ。

あと、勝手に、可愛いを自分で付け足すな。

「一つだけ……聞いてもよろしいでしょうか？」

「……何かな？」

「ご主人様は、何故ここまでして、その人物を待とうとするのですか？」

確かに、愛坂からしたら、たかがイタズラかもしれない手紙ごときに僕がここまで固執しているのは謎に思うだろう。

それに、これ以上待っても無駄だろう。

「多分……僕もこの人と同じだからかな？」

「同じ……ですか？　ご主人様がこの手紙の人物と？」

「そう……だね。僕もこの手紙の人と同じで『気持ちを伝えたい人』がいるんだ」

「ご主人様、それは……」

驚いて何を言いたいのか察したかのように、僕を見つめる愛坂の視線に対し、僕は恥ずかしくなって目を逸らすことしかできなかった。


やっぱり、僕は卑怯《ひきょう》だ。

正直、こういう伝え方は少しズルいのかもしれない。

だけど、今の彼女は僕のメイドだ。そんな、彼女にこの思いを伝えてしまってもそれはきっと彼女の枷《かせ》にしかならない。

だから、僕は彼女がメイドさんとなった日から、この思いを伝えないと決めた。

「だけど、僕と違ってこの人は気持ちを伝えようとしてくれた……」

それは、僕にはできなかったことだ。

想《おも》うのは簡単だけど、その気持ちを伝えるのはとても難しい。

それは、彼女も同じはずなのに……

「だから、僕もその気持ちに、ちゃんと応えようと思ったんだ」

そう……彼女の思いに応えるために――

「だけど、時間切れだね」

「あ……」

空を見上げると日はとっくに暮れていた。つまり、手紙の差出人は現れなかったわけだ。

すると、愛坂は何故か少し安堵《あんど》したような表情を見せてから、僕に質問をした。

「もしかして、ご主人様はこの手紙の差出人の正体を知っているのでは……？」

「どうかな……」

ただ、僕にはこの手紙の人がとても綺麗《きれい》な字を書くということしか分からない。

だから、僕がこの手紙の差出人が誰か確信を持っているわけではない。

実際に、手紙にはとても綺麗な字で『好きです』と書かれているだけで、名前が書いてあるわけじゃないしね。

だから、待つことにしたのだ。

それを聞いた愛坂は何かに気づいたように顔を伏せると、僕にもう一度質問をした。

「ご主人様は、この手紙の人物が現れなくて……ガッカリしているのですか？」

ガッカリか……言うほど、残念な気持ちは無い。だって、僕が本当に喜んだのはこの手紙で『僕自身を見てくれる人がいる』と知ることができたからだ。

それに――

「僕に運命の相手なんて必要ないよ」

「それは……何故ですか？」

何故かだって？　そんなのは簡単だ。

「だって、僕には可愛いメイドさんがいるからね？」

「そ、そうですか……」

すると、その返答を聞いた愛坂《あいさか》が何処《どこ》からかカチューシャを取り出し、それを制服のまま頭に付けて答えた。

「では……仕方ないので、私がご主人様のお傍《そば》にお仕えします。メイドさんとして」

「そうか……なら、良いか」

てか、そのカチューシャどこから取り出したの？　何かスカートの中から出て来たように見えたけど……

「でも、制服にカチューシャっていうのも悪くはないな」

そんな彼女の姿を見ながら、僕は自分が本当に欲しかったのはただの『普通の生活』ではなく、彼女と共に歩む『普通』だったのかもしれない。

「じゃあ、愛坂。帰ろうか」

「はい、ご主人様」

——って、ちょっと待ってくれないか!?

このまま愛坂がカチューシャを付けて一緒に下校している姿を……もし、クラスの誰かに見られでもしたら、僕はクラスで一番かわいい女子にメイドの格好をさせているヤバイ奴《やつ》にならないだろうか？

「ねぇ、愛坂……その格好のままで帰るのは止《や》めてくれないかな？」

「ご主人様、何故《なぜ》でしょうか？」

何故でしょうか？　じゃねぇよ!?

「いや、分かるだろ!?　何処に頭にメイドのカチューシャを付けたまま下校する美少女がいるんだよ!?」

「ご主人様、そんな……いきなり『美少女』だなんて照れるではありませんか……」

「ツッコむところは、そこじゃないからね!?」

むしろ、今まで学校でメイドさんの要素を頑《かたく》なに見せないようにしていたよね!?

「とにかくお願いだから、そのカチューシャは外してくれないかな」

「それはできません」

「何で!?」

一応、ご主人様の命令なんだけど!? 今日の愛坂何だか変だよ……。

一体、何で愛坂はそのカチューシャを外すのを嫌がっているのだろう?

「ご主人様は、この姿の私はお嫌いですか?」

「そ、それは……」

確かに、言われてみれは制服姿の愛坂の頭にメイドさんのカチューシャを付けている姿はどことなく新鮮で何とも言い難《がた》いギャップが彼女の魅力をさらに引き立てているような気がする……

「……まぁ、似合っているからいいか」

「ご主人様は変態ですね……」

「それは言いがかりにもほどがあるんじゃないかな!?」

結局、この日屋上に『運命の人』とやらは現れなかった。

でも、もしかしたらと思っている自分がいる。

本当は、その運命の人はずっとこの場に僕と一緒にいたのではないか?

と……

だって、僕は『彼女』がとても綺麗な字を書くということを知っていたのだから。

「もう少し、僕も自分の気持ちに正直になっていいのかな……」

**【カチューシャの理由】**

私は卑怯な人間だ。

「ご主人様、まだ待つつもりですか……？」


放課後、ご主人様は手紙の差出人が来るのを屋上で待ち続けていた。

その手紙を書いたのが私だとも知らないで……本当はこんなつもりじゃなかった。

ただ、いつもの冗談で告白してご主人様をからかうだけのつもりだったのに……。

「ご主人様、もうすでに下校時間は迫っています。これ以上お待ちになっても……」

「うん、分かっている」

ご主人様を前にしたら、それができない。

冗談だって分かっている。ご主人様だって本気にするわけがない。そう思っていた。

でも、実際は――


『僕を普通の高校生として見てくれる人がこの学校にいるってことじゃないか！』

あんなことを言われたら、今更イタズラだなんてとても言えない。

だって、あの手紙を書いたのが私だと知ったら、ガッカリするに決まっている。

私はそんな残念がるご主人様の顔を見たくない。

……いや、違う。

「一つだけ……聞いてもよろしいでしょうか？」

「……何かな？」

本当は失望されたくないだけだ。期待していた相手が私だと知って落胆されるのが怖くなった。だから、私はご主人様を前にして何も言えなくなってしまった。

「ご主人様は、何故ここまでして、その人物を待とうとするのですか？」

「多分……僕もこの人と同じだからかな？」

「同じ……ですか？　ご主人様がこの手紙の人物と？」

「そう……だね。僕もこの手紙の人と同じで『気持ちを伝えたい人』がいるんだ」

そう言うと、ご主人様は何故か私の目を見た。

基本的に、ご主人様は何故かあまり人の目を見て話そうとしない。だから、ご主人様が人の目を見て話すというのは珍しいことだ。

もしかして、ご主人様の『気持ちを伝えたい人』は──

「ご主人様、それは……」

「だけど、僕と違ってこの人は気持ちを伝えようとしてくれた……」

それは……違うんです。

本当は私も伝えたくても伝えられなくて、結局逃げてしまっているだけだ。

「だから、僕もその気持ちに、ちゃんと応えようと思ったんだ」

やっぱり、私は卑怯《ひきょう》だ。

ご主人様がこうして向き合おうとしてくれているのに、私は……

「だけど、時間切れだね」

「あ……」

空を見上げると日はとっくに暮れていた。

つまり、最後まで、私は手紙を書いたのが自分だということはできなかった。

だけど、これだけは確認したいと思った。

「もしかして、ご主人様はこの手紙の差出人の正体を知っているのでは……？」

「どうかな……」

ご主人様は手紙を書いたのが私だと気づいていたんじゃないだろうか？

だとしたら、ご主人様が喜んでいたのは――

「ご主人様は、この手紙の人物が現れなくて……ガッカリしているのですか？」

「僕に運命の相手なんて必要ないよ」

「それは……何故ですか？」

だから、確認したくてその質問をした。

でも、答えは――

「だって、僕には可愛《かわい》いメイドさんがいるからね？」

「そ、そうですか……」

……そうですよね。貴方《あなた》は『運命の人』じゃなくて、私のご主人様。

だから、その答えには私もメイドとして答えよう。

そして、私はカチューシャを取り出して、それを付けて一人のメイドさんとして答えた。

「では……仕方ないので、私がご主人様のお傍にお仕えします。メイドさんとして」

「そうか……なら、良いか」

これでいいんだ……。

だって、私達《たち》はご主人様とメイドさんとして、生きていくと決めたのだから――

「じゃあ、愛坂。帰ろうか」

「はい、ご主人様」

しかし、ご主人様は屋上から出ようとすると、ピタリと足を止めて私の方を振り向いて一言お願いをしてきた。

「ねぇ、愛坂……その格好のままで帰るのは止めてくれないかな？」

「ご主人様、何故でしょうか？」

「いや、分かるだろ!? 何処に頭にメイドのカチューシャを付けたまま下校する美少女がいるんだよ!?」

確かにご主人様からしたら、私がこの格好で帰るのは素直に目立つので嫌なのだろう。

でも、既に時刻は夕方で殆《ほとん》どの生徒は下校している時刻だ。

なら、他の生徒にこの姿を見られる心配はあまりしなくてもいいと思うが……

それに――

「ご主人様、そんな……いきなり『美少女』だなんて照れるではありませんか……」

「ツッコむところは、そこじゃないからね!?」

もう、ご主人様ってば、普段から私のことを、美少女だと思っていたんですね……。

「とにかくお願いだから、そのカチューシャは外してくれないかな」

「それはできません」

「何で!?」

だって、このカチューシャは私の気持ちを隠す仮面だから……

これを付けていないと、私はメイドさんではいられなくなってしまう。

普通の一人の女の子として『この気持ち』を伝えてしまいそうになるから……だから、
今はこの『カチューシャ《仮面》』を外すことはできない。

この仮面は私がメイドさんとして、彼の傍《そば》にいるという覚悟だから。

「ご主人様は、この姿の私はお嫌いですか？」

「そ、それは……」

私がそう質問をすると、ご主人様は少し照れたような表情をして答えてくれた。

「……まぁ、似合っているからいいか」

「ご主人様は変態ですね……」

「それは言いがかりにもほどがあるんじゃないかな⁉」

結局、私は気持ちを伝えることはできなかった。

でも、これだけは伝えておきたい。

「ご主人様……」

最後に、私は少しだけ勇気を振り絞ってご主人様の背中に向かって声をかけた。

しかし、その言葉は小さすぎてご主人様には聞こえてはいないだろう。

だからこそ、私は最後に呟《つぶや》いた。

「もしかしたら、意外と運命の相手は近くにいるかもしれませんよ？」

そう……やっぱり、私は卑怯なのだ。

# 第三章

## 【転校生】

翌日の学校、その教室で私、愛坂《あいさか》は――

「皆、おはよう！」

私は今までにないくらいに上機嫌だった。

その理由は私の隣にいる人物を見れば明白だった。

「ほら、悠《ゆう》くん」

「えっと……お、おはよう」

そう、なんと私は今日ご主人様と一緒に登校してきたのだった。

昨日の屋上の件があったからなのか、今日の朝、なんとご主人様の方から――

『たまには……一緒に登校するか？』

――と、誘ってくれたのだ。

正直、最初は私も夢でも見ているのかと思って、試しにご主人様の脛《すね》を蹴り上げてみたが、ちゃんとご主人様が痛がっていたので夢ではなかった。

「あ、愛坂さんが早乙女《さおとめ》と一緒に登校してきただと!?」

「嘘《うそ》だ！　早乙女って愛坂さんと付き合ってなかったんだろ!?」

「も、もしかして……ついに付き合ったのか!?」


当然、私がご主人様と一緒に登校してきた事でクラスメイト達は、凄《すご》い反応をしている。

しかし、目立つことを嫌がっていたご主人様は、その視線をあえて受けていた。

今まで私が一緒に登校することを提案しても、それを受け入れなかったご主人様が、どうして急に一緒に登校しようと言い出したのか？　一体、ご主人様にどういう心境の変化があったのか私には分からない。

だけど、昨日のご主人様のあの言葉――


『僕もこの手紙の人と同じで気持ちを伝えたい人がいるんだ』


つまり、この状況から導き出される答えは――

もしかして、あの『気持ちを伝えたい人』とは私のことなのかもしれない……。

だって、ご主人様はクラスでは私以外に親しい異性なんていませんし……この高校に入学する前もメイドの私以外に、ご主人様に親しい異性がいるなんて話は聞いたことが無い。

つまり、ご主人様の『気持ちを伝えたい人』って、やっぱり……

「ねぇ、悠くん……」

「愛坂さん、何かな？」

「えっと、何でもない。呼んだだけ」

「そう？」

……ダメだ。やっぱり、確認なんてできない。

でも、今はご主人様が私に心を開いてくれた気がして、それだけで十分だ。

「おーい、席につけ、朝のHRを始めるぞー」

「「はーい」」

その時、教室に先生が入ってきたので、仕方なく私はご主人様と話すのを止《や》めて自分の席へと戻った。

すると、次の瞬間、先生が気になることを口にした。

「あー、そう言えば、今日は転校生がいるから紹介するぞ」

「転校生……？」

……おかしいですね？

一応、私はご主人様の護衛としてこの学校に潜入している立場だ。

だから、常に最低限の情報は集めているし、転校生が来るなんて情報があれば既に知っているはずだ。なのに、そんな情報は私には入って来ていない。

つまり、それは――

その時、先生に呼ばれてその『転校生』が教室の中に入って来た。

「ごきげんよう♪　今日から、このクラスに転校してきた。五月麻衣《さつきまい》よ！」

その特徴的な言葉遣いと共に、私はその転校生の顔を見た。

堂々とした態度にハッキリとした声、そして、ツインテールに大きな胸、簡単にいうと、その転校生はとても目立つお嬢様みたいな人物だった。

……何でしょう。いろいろと大きい人が現れましたね。

一瞬、本家がご主人様を家に戻すために刺客を送り込んできたのかとも思いましたが、あの目立つ感じではそれも無さそうですが……

まぁ、今更巨乳の転校生が来てハニートラップを仕掛けようとも、私とご主人様の仲はそれくらいでは――

「確か、このクラスだって聞いたんだけど……あっ！」

「ま、麻衣!?」

その時、転校生がご主人様を見て声を上げた。そして、ご主人様もその転校生を見て何《な》故《ぜ》か驚いたような声を上げて——え、ご主人様……?

すると、次の瞬間——

「悠ちゃーん! 会いたかったわ♪」

「うわっ!? ちょ、いきなり抱き着かれると!?」

なんと、その転校生が私のご主人様にいきなり抱き着いたのだ。

「ご——っ! ゆ、悠くん!?」

——って、私のご主人様に何をしているんですかぁああああああああ!?

**【嵐の訪れ】**


僕、早乙女悠は基本的に目立ちたくない人間だ。

できることなら、目立たず普通に生きていきたいと思っている。

「悠ちゃーん！　会いたかったわ♪」

「何をしているんですか!?　悠くんから離れてください！」

だというのに……


「おいおい……転校生がいきなり早乙女に抱き着いたぞ……」

「もしかして、知り合いとか？」

「てか、何で早乙女？　てか、あいつ……今朝愛坂さんと一緒に登校してきたよな？」

「えぇ～もしかして、浮気？」

「つまり、修羅場ってやつ？」

「愛坂さんがいるくせに……」

……何故か、現在の僕は教室で注目の的になっていた。

一体、何でこんなことになっているんだろうか？

「ご主――じゃなくて、悠くん！　彼女は一体何者なんですか!?」

するど、状況を見かねたのか愛坂が僕に説明を求めてきた。メイド口調が混じっている
あたり、どうやら彼女もこの状況に混乱しているらしい。

そう言えば、愛坂は会ったこと無かったな。

「いや、愛坂さん……えっと、彼女はその……」

すると、僕の説明を待たずにその転校生がとんでもないことを口にした。

「あら、名前ならもう名乗ったはずよ？　アタシは五月麻衣。悠ちゃんとはそうね……。

まぁ、家族ぐるみの付き合いみたいなものかしら？」

「ちょっ!?」

瞬間、彼女の言葉にまた教室中のクラスメイト達《たち》が騒ぎ出した。

「キャーッ！　家族ぐるみの付き合いだってーっ！」

「早乙女って、愛坂さんと付き合ってるんじゃないのかよ!?」

「今日だって、仲良く一緒に登校していたよねー？」

「あの野郎、愛坂さんは遊びだって言うのか!?」

「ぶっ殺す！」

「早乙女くんサイテー」

「でも、何かそういうタイプに見えないけど、見かけによらないものだよねー」

ちょ、止めろぉぉおおおおおおおおおおおおおお！

コイツが変なこと言うからクラスメイト達が変に騒ぎ出したじゃないか!?

すると、愛坂がいつまでも僕に抱き着いたままの彼女にしびれを切らしたのか、彼女と僕を強引に引きはがしてきた。

「悠くん！　いい加減に説明して！　一体、彼女とはどういう関係なの!?」

「いや、愛坂……まずは落ち着いて僕の話をね……」

どうやら、愛坂は今のやり取りで僕が彼女と知り合いだというのは察しがついたらしい。

まぁ、このやり取りを見れば分かるか。しかし、問題はこの状況をどう収めるかだ。

僕としては、これ以上大きな騒ぎにしたくないんだけど……

すると、その様子を見ていた麻衣が口を出してきた。

「悠ちゃんってば、その子とやけに仲が良いのね……ハッ！　もしかして、二人は付き合っているのかしら!?」

「つ——付き合っ！　そ、そんな……わ、私は……」

……おい、僕に何も言わずに転校してきたくせに余計なことを言うなよ。その所為《せい》で、愛坂が返答に困っているじゃないか。

愛坂の様子を見ると、彼女は答えにくそうに顔を伏せている。

しかし、クラスメイト達は今の質問で『やっぱり、付き合ってなかったのか!?』とか

『じゃあ、今朝のあれは何だ！』とか余計に盛り上がっている。

おかしい……状況がドンドン酷《ひど》くなっているんだが？　先生も『フッ、昼ドラみたいな展開だな……先生は嫌いじゃないぞ』とか言って何故か傍観しているし……

いや、お前は傍観してないで止めろよ！　教師だろ⁉

……まぁ、仕方ない。ここは僕が説明するしかないだろう。

しかし、僕が何とかこの場を収めようとすると――

「五月さん、ここは僕に任せてくれないかな？」

「何よ？　悠《ゆう》ちゃんってば……そんな口調じゃなくて、昔みたいに『麻衣姉《ね》ぇ』って、呼んでいいのよ？」


「「「麻衣姉ぇ⁉」」」


……いや、お前もう黙れよっ！

「悠くん、一体これはどういうことなの⁉」

「愛坂《あいさか》さん、落ち着いて……この人はその……実家の知り合いなんだ……」

「え、実家の……」

すると、愛坂は今ので何か感づいたのか『まさか……』と言って急に黙り出した。

そう彼女なら、この言葉で、きっと理解しただろう。

つまり、この転校生の正体は――

「紹介するよ。五月麻衣……彼女は僕の『従姉《いとこ》』なんだ」

## 【従姉とメイドさん】

麻衣を紹介した後の昼休み。

僕は愛坂と一緒にいつもの屋上で彼女の作ったお弁当を食べていた。

「麻衣様が転校してくるのなら、先に言ってくれれば良かったじゃないですか？」

「僕だって、彼女が転校してくるなんて知らなかったんだよ……」

そう、僕は麻衣が転校してくるなんて話は聞いてなかった。だからこそ、僕も麻衣の転校に対して驚いたのだ。

「因《ちな》みに……ご主人様は、あの方とはどんなご関係なのですか？」

すると、愛坂が僕と麻衣の関係を聞いてきた。

いや『どんな関係なのですか？』と聞かれても、ただの従姉としか言いようが無いんだが……まぁ、しいてあげるならば――

「簡単に言うなら、迷惑な『姉』って感じかな？」

「お姉様ですか……？」

僕の回答を聞いて、愛坂は何処《どこ》か納得のいってないような表情をしている。どうやら、僕の言いたいことが上手《うま》く理解できないのだろう。

まぁ、兄弟ではなくただの従姉だから、姉と言われても違和感はあるだろうな。

一応、この話はあまり愛坂に聞かせたくないが……仕方ないか。

「麻衣《まい》の父親は僕の父の弟にあたる人でね。分かりやすく言うなら『早乙女家《さおとめ》』を出て行った人間なんだよ」

だから、家同士の関係は悪いし、親父《おやじ》とは競うように別の会社を経営している。

それに、僕の早乙女家と麻衣の五月家《さつき》は、家同士での交流はほとんどなかったから、僕と麻衣がお互いに顔を合わせるのも、資産家である祖父関係の祝い事での数回くらいだ。

「ふーん、その割には仲がよろしかったようですが……？」

「それなんだよねぇ……」

そう、なのに何故か麻衣は僕に懐いている。

家同士の関係で小さいころから同年代の相手との交流が少ない所為か麻衣は僕と会う度に『アタシが、お姉ちゃんよ！』とか、わけの分からない理由をつけて、よく僕を振り回してきたのだ。

多分、僕のことを従弟《いとこ》という名の奴隷か何かと思っていたのだろう。

「だから『迷惑な姉』ということですか？」

「そうだね……」

特に質《たち》が悪いのは、麻衣本人に僕への悪意が無い所だ。

さっきも述べたように、僕と麻衣の家同士は仲が悪い。だから、麻衣の家は僕を良く思っていないだろうし、僕の家も麻衣を良く思ってないはずだ。そんな二人が会う度に仲良くなんてしていたら、周りがどんな視線を向けるか想像できるだろう？

「でも、一応は従姉だから、ないがしろにするわけにもいかないし、扱いに困るという意味で……一言で言うなら『迷惑な姉』って感じだね」

「なるほど……ご主人様が『姉』と例えた理由はなんとなく理解しました。でも、なら何《な》故《ぜ》今更になって麻衣様はご主人様の通う高校に転校して来たのでしょうか？」

「それが問題なんだよね……」

これが本家の人間が転校してきたなら、僕を実家に連れ戻しに来た、などの理由が考えられる。だけど、麻衣は『早乙女家』の人間ではない。わざわざ、転校してくるなんて、よほどの理由がなければ麻衣の家も認めないはずなんだけど……。

「彼女のことだから、僕に会いに来ただけなんて可能性もあるな……」

「さ、流石《さすが》に……そんな理由で転校してくるでしょうか？」

「いや、そういう人なんだよ『五月麻衣』って人間は……」

マジでありえるから怖いんだ。

「僕が彼女を苦手なのも、彼女の思考が読めないからというのが主な理由だしね」

「そうなんですか」

すると、愛坂は一瞬ためらった後にボソリと呟《つぶや》いた。

「ですが、ご主人様が麻衣さんとそういう関係じゃなくて安心しました……」

「え、愛坂。それって――」

安心したって……どういう意味？　そう、問いかけようとして――

「悠ちゃん！　やーっと、見つけたわ！　アタシ、とーっても捜したんだから！」

その時、屋上のドアが勢いよく開いて、麻衣が屋上に現れた。

流石、迷惑な姉なだけあって、やってくるタイミングも最悪だ……。

「もう！　悠ちゃんってば、お昼休みになったら直《す》ぐに何処かに消えちゃうんだもの！　一体、ここで何をしていたのよ……？」

「見れば分かるだろ？　お弁当をここで食べていたんだよ」

「お弁当？　何もそんなのこんな場所で食べなくてもいいんじゃない？」

そういうと、麻衣は僕の隣に座っている愛坂に視線を向けた。

「それで、悠ちゃん……その子は？」

「あぁ、彼女はその……」

さて、どう説明したものか……。僕がそう考えていると、それを察したのか愛坂が立ち上がってメイドらしく麻衣に向かって軽くお辞儀をした。

「悠様の専属メイドを務めております、愛坂と申します。学校では護衛として、悠様のクラスメイトとして接しておりますので、宜《よろ》しくお願いいたします」

「あら、やけに親しいと思っていたら、悠ちゃんのメイドだったのね！　どうりで……そう、アタシは悠ちゃんのお姉ちゃんよ♪」

「いや、違うから……」

どうやら、愛坂は身分を明かしておいた方が良いと判断したようだ。まぁ、正体がバレるのも時間の問題だろうし、麻衣には早めに事情を伝えておいた方がいいかもな。

「麻衣の方こそ、いきなり転校して来てビックリしたじゃないか……」

「もう、悠ちゃんってば……そんな他人行儀な呼び方しないでよ。なんか寂しいじゃない！　もっと、昔みたいに『麻衣姉ぇ』って呼んでくれていいのよ♪」

「いや、その呼び方はちょっと……」

「ご主人様！　それは本当ですか？」

「何で、愛坂がそれに食いついて来るの!?」

ちょっと、待ってくれ！　彼女が変なことを言う所為で愛坂になんか変な誤解をされそうになっているじゃないか!?

「愛坂、これは違うんだよ……そもそも、それは小さい時に僕がそう呼ばないと、麻衣が怒るから仕方なく呼んでいただけで――」

すると、その様子を見ていた麻衣が、何か面白そうな表情を浮かべ僕に顔を近づけて、さらに圧をかけて来るように忠告してきた。

「悠ちゃん……？　『麻・衣・姉ぇ』よ♪」

あぁ、これは……そう呼ぶまで許してくれないパターンだ……。彼女は昔から絶対に自分で決めたことは譲らない典型的なお嬢様タイプの人間なんだ。

「はぁ、分かったよ……麻衣姉ぇ」

「うん、よろしい♪」

まったくこれだから『迷惑な姉』なんだ。

しかし、これは麻衣姉ぇがここに転校してきた目的を聞く良いチャンスかもしれない。

「……因みに、麻衣姉ぇは何でこの学校にいきなり転校してきたのさ?」

僕の家と麻衣姉ぇの家は仲が悪いとは言え、普通はこういう情報は事前に伝えられるのが当たり前だ。なのに、愛坂の様子からしても事前に麻衣姉ぇが転校してくるという連絡は無かった。

つまり、何か深い理由が――

「そんなの悠ちゃんに会いたかったからに決まっているじゃない?」

「理由が軽い!?」

いや、まさかとは思ったけど、本当にそんな理由で転校してきたのか……?

「それに、悠ちゃんだってお互い様よ！　アタシ、悠ちゃんが家を出たって聞いてビックリしたんだから！　何で、お姉ちゃんのアタシに何の相談もしないで、こんな普通の高校に通っているのよ？」

「そ、それは……別に僕の勝手だろう」

わざわざ、従姉《ね》の麻衣姉ぇに相談なんてしたら、止められるに決まっているし、そもそも、僕だって愛坂《あいさか》に無理を言ったつもりだったのに、気づいたら、家を出て普通の高校に通う今の生活が認められてるんだから、僕に聞かれても、そんなことは分からない。

すると、その様子を見ていた愛坂が麻衣姉ぇに聞こえないように小声で僕に尋ねてきた。

「ご主人様、これは本当のことを言っているのでしょうか？」

「いや、本人はいたって真面目だと思うよ」

どうやら、愛坂は麻衣姉ぇの行動に何か裏があるんじゃないかと疑っているようだ。

しかし、麻衣姉ぇは昔から嘘《うそ》がつけない性格だから、その心配はない。

いや、だからこそ麻衣姉ぇは僕にとって最も厄介な相手なわけなんだが……

「因みに、麻衣の家は転校について何か言わなかったの？」

むしろ、問題は麻衣の家が何か絡んでいた場合だ。だから、これは確認しておくべきだろう。良くも悪くも麻衣姉ぇは嘘をつかないからな。

「そうだったわ！　アタシ、お父様から悠《ゆう》ちゃんに『伝言』を頼まれていたのよ！」

「伝言？」

すると、麻衣はその伝言とやらを教えてくれた。

「ええ、悠ちゃんのお見合いよ♪」

**【お見合い】**

「お見合いって……僕が麻衣姉ぇと？」

麻衣姉ぇの放った『お見合い』という言葉に僕がそう聞くと、麻衣姉ぇは不思議そうな顔をしながらその問いに答えた。

「悠ちゃんがそうしたいなら、アタシはそれでもいいけど？」

「いや、麻衣姉ぇが『お見合い』って言ったんだよね……？」

何だろうこの感じは……何か話が噛《か》み合っていない気がするけど……

「だから、そう言っているじゃない『お父様からの伝言』だって」

「麻衣様、お話し中に失礼いたします」

すると、現状では麻衣姉ぇの説明不足だと感じたのか、愛坂が間に入ってくれた。

「今の説明ですと少しばかり分かりにくいのですが……良ければ、もう少し、その伝言の内容を教えてはいただけませんか？」

「つまり、悠ちゃんにピッタリのお見合い話があるから、お父様に『悠ちゃんに伝えて来てくれ』って言われて、アタシは転校して来たのよ♪」

なるほど……どうやら、麻衣姉ぇ自身がそのお見合い相手というわけではなさそうだ。

「麻衣様のお父様から、ご主人様にお見合い話……ですか？」

「いや、何で僕のお見合い話が麻衣《まい》姉ぇの家から出てくるんだよ……」

しかし、愛坂が疑問に思うのもその通りだ。

いくら、従姉《いとこ》とは言え麻衣姉ぇの家は僕の実家とは敵対していると言ってもいい関係だ。そんな所からのお見合い話なんて僕の実家が黙っていないと思うけど……

「悠ちゃん、それは問題無いわ♪　だって、お見合いの相手はお父様と仲の良い取引先の社長令嬢って話よ！　だから、安心してお姉ちゃんに任せなさい♪」

「いや、それを聞いて余計に安心できないんだけど……」

つまり、麻衣姉ぇの家の息のかかった人間とのお見合い話ってことだよね？　そんなの俺の一存じゃ決められるわけないじゃないか。

「しかし、何で従姉の麻衣様がご主人様のお見合い話を持ってくるのでしょうか？」

愛坂の疑問もその通りだ。僕のお見合いというのなら、麻衣姉ぇの『五月《さつき》家』ではなく、実家の『早乙女《さおとめ》家』から話が来るのが普通だろう。

でも、心当たりがあるとするなら……

すると、麻衣姉ぇがその理由を指摘して来た。

「それは、悠ちゃんにまだ婚約者がいないからじゃない？」

そう、麻衣姉ぇの言う通り僕にはまだ婚約者がいない。

本来、僕のような資産家の『一人息子』という立場なら、この歳《とし》で婚約者がいないのはおかしいのだ。

「それに、これはお父様から聞いた話だけど……この話は、おじい様のご了解も取っているという話よ♪」

「おじい様が！」

「爺《じい》さんが……」

それを聞いて愛坂と僕が同時に声を上げた。

麻衣姉ぇの『おじい様』というのは僕の祖父……つまり『早乙女家のトップ』だ。

僕の祖父は元々は有名な実業家で政治や経済などあらゆる分野で活躍した人だ。

本来、早乙女家は実業家である僕の祖父が一人で築き上げた資産で大きくなった一族であるため、本人は既に隠居しているがその影響力は早乙女家だけでなく、従姉である麻衣姉ぇの家も無視できるような大きさじゃない。

「おじい様は先が長くないって話だし、悠ちゃんはおじい様のお気に入りだから、婚約者を急ぐのも仕方ないんじゃないかしら……？」

「まぁ、爺さんにとって僕はたった一人の『早乙女』の名を持つ孫だからな……」

僕の父が経営する会社もその祖父が始めた事業を引き継いだ会社だし、実は僕が今住んでいるマンションもその祖父からの高校入学祝いのプレゼントだったりするから、その資産は計り知れないほどだ。

「それに、おじい様が亡くなった後……その莫大《ばくだい》な資産を受け継ぐのは悠ちゃんでしょう」

「だから、お見合い話ってことか……」

つまり、これは裏を返せば五月家は祖父の了解を取っているということだ。

まぁ、言いたいことは分かる。祖父の資産を受け継ぐ可能性がある僕が勝手に知らない女性と関係を持てば、その祖父の資産が関係のない人間にまで渡る可能性がある。

だから、そうなる前に祖父の知る人間を『婚約者』として用意しようという話だろう。

「まぁ、僕としてはそういうのが嫌で家を出たんだけどなぁ……」

「悠ちゃん、大丈夫よ！　お見合いなら、アタシも立ち会う予定だし、人見知りな悠ちゃんでも安心して、全部お姉ちゃんに任せなさいよ♪」

「いや、そういうことじゃないんだけど……」

どうやら、麻衣姉ぇの中では既に僕がお見合いすることは決まっているようだ。

この人はまともに話を聞いてくれるタイプじゃないからな。

「えっと……ご主人様はそのお話、どうするのですか？」

すると、愛坂がそう僕に尋ねてきた。

心なしかその表情が少し寂しがっているように見えるのは、僕の気のせいだろうか？

その顔を見て僕は——

「麻衣姉ぇ、悪いけど……お見合いはできない」

ハッキリとその言葉を麻衣姉ぇに伝えた。

「ご主人様……」

「悠ちゃん、それがどういう意味か分かっているの……？」

「もちろん」

……分かっている。

このお見合い話を麻衣姉ぇの家が祖父の許可を得て僕に持って来ているということは、簡単に断れる状況では無い所まで話が進んでいるということだ。

むしろ、下手にこのお見合いを僕が断れば、このお見合い相手やこのお見合いに許可を出している祖父に対して泥を塗るような行為になるだろう。それは僕にとっては関係ないことだが、麻衣姉ぇの『家』や実家の『早乙女家』にとっては大問題になるだろう。

だから、本来なら僕個人の理由で勝手に断れるような話じゃない。

だけど——

「麻衣姉ぇ、それでも僕はこの話を受けることはできないよ」

「悠ちゃんが実家を嫌いなのは、アタシも知っているわ。だけど、このお見合いは決して悠ちゃんにとっても悪い話じゃないの！　むしろ、悠ちゃんが『早乙女家』を出たいと思っているなら……その助けにもなると思っているわ！」

麻衣姉ぇが言う通り、家を出たい僕にとって、これは悪い話ではないのだろう。

何故《なぜ》なら、お見合い話を持ってきたのは麻衣姉ぇの『五月家』なのだから、必然的にその相手がただの仲の良い取引先なわけがない。

多分、麻衣姉ぇの『五月家』と縁のある家のはずだ。もしそんな相手と僕が婚約すれば僕が実家の『早乙女家』より『五月家』と仲良くしているように見えるだろう。

なら、この話を受ければ麻衣姉ぇの『五月家』は、僕が実家の『早乙女家』を出るにあたって後ろ盾のような存在になってくれるのだろう。

「それに、今の悠ちゃんには婚約者はいないのよね？」

「そうだね……」

きっと、僕が家を出たいと言えば麻衣姉ぇの実家は快く力を貸してくれるはずだ。

「だったら、いつまでも婚約者がいないままじゃあ、おじい様も安心できないわ！　それとも……悠ちゃんには何かこの話を受けたくない理由でもあるの？」

「そ、それは……」

その問いに僕が答えないでいると、麻衣姉ぇはふと思い出したかのように呟《つぶや》いた。

「そう言えば……悠ちゃんって前にも、婚約者の話が来ていたことがあったわよね……？」

確か相手の名前は――」

「麻衣姉ぇ、この話はここまでにしよう」

「ゆ、悠ちゃん？　いきなりどうしたの……？」

「いや、ほら……もうお昼休みが終わっちゃうからさ、続きは放課後にしないかな？」

「あら、もうそんな時間だったのね……分かったわ！　じゃあ、話の続きは放課後で良いわよね？　悠《ゆう》ちゃん、またね♪」

そう言うと、麻衣姉《ね》ぇはようやく屋上から出て行ってくれた。

いや、もう来なくていいよ……まったく、本当に嵐のような人だな。

そして、僕は先ほどから黙って話を聞いていた愛坂《あいさか》に声をかけた。

「愛坂、ゴメンね。こんな話を聞かせて……」

「いいえ、私はただのメイドですので気にしないでください」

そう言うと、愛坂は僕に笑顔を向けてくれた。

でも、僕はそんな愛坂の表情がただの作り笑顔にしか見えない。

それも、当然だろう。

何故なら愛坂《彼女》は僕の『元婚約者』なのだから。

【婚約者】

「婚約者……？」

十歳になった日、その話は突然やって来た。
僕、早乙女悠は当時その言葉にどんな感情を抱いただろうか？
多分、期待も何もない。ただの『決定事項』と受け取ったと思う。

この家は僕にとって、ただの鳥かごだ。

僕はこの家の一人息子として、実業家である祖父の後継者になるという責任がある。
そのために、幼い頃から僕の人生は祖父が決めたレールによって教育から婚約者まで、人生の全てをこの家の後継者となるために管理されてきた。

だから、婚約者が決まったと知らされても『そうか』としか思わなかった。
何故なら、この家の人間は僕に対し必要以上に関わるのを禁じられていたし、外の人間は僕を『祖父の後継者』として敵視することが殆《ほとん》どだったからだ。

僕の家『早乙女家』は祖父が実業家として一人で財の全てを築き上げてきた。つまり、分かりやすく言えばぽっと出の成金家系みたいなものだろう。

だから、周りからの評価は良く無いし、その祖父の『後継者』になるということは、いずれ僕がその祖父の莫大な財産を引き継ぐということだ。

では、そんな僕に近づくのはどんな人間だろうか？

『あれが早乙女の跡取り……』
『親が偉いだけの成り上がりだろう？』
『お前の家のせいで私の会社は……』

そんなわけで、たまに来る人間が僕に向ける視線はどれも悪意に満ちたものだった。

だから、僕は他人に興味を持たなかったし、婚約者の話を聞いてもそれは同じだった。

当時の僕はそんな大人の視線の中で育ったからか、子供ながらにこの世界は相当にあくどいものなのだと理解していた。でも、それは僕にとっては関係のないことだ。

僕は『普通の人間』だ。

なのに『早乙女』という名前だけで、大人から悪意を向けられる。

当時の僕はそれが嫌だった。

見ず知らずの人間から向けられる悪意ほど、気持ちの悪いものはない。だから、この婚約者にも大して期待はしてなかった。

どうせ、お見合い相手も僕を『早乙女《さおとめ》家の後継者』としか見ておらず、僕なんかに興味は無いのだから……だけど、家が決めたことなら従うしかない。

だって、僕にとって選択肢なんてないのだから。

そして、お見合いの日当日——

「これは無いわね……。顔が生理的に無理だわ」

開口一番、僕は婚約者に罵倒されていた。

僕に選択肢はないとは言ったけど、流石《さすが》にこれは予想外だった。

だって、まさか『早乙女』の人間に開口一番悪態をつく人物がいるとは思わないだろう？

「失礼しました。貴方《あなた》のお見合い相手の『綾坂愛花《あやさかあいか》』です」

するると、その婚約者、綾坂さんはそう言って僕にお辞儀をしてきた。

その子の見た目は着物姿の十歳くらいの少女だった。着物がお見合い場所の料亭の和室とよく似あっていた。

うん、とても先ほど僕に暴言を吐いた人物とは思えない程に綺麗《きれい》なお辞儀だ。そのお辞儀を見ただけで彼女が良い家のお嬢様だというのが分かる。

しかし、今まで『早乙女の人間』だからと言って悪意に満ちた視線を向けられることは多々あっても、こうして直接に暴言を吐かれたのは僕にとって初めての経験だった。

だからだろうか？　思わず、僕は彼女に質問をしていた。

「えっと、僕ってそんなに酷《ひど》い顔しているかな？」

「……はて何のことでしょうか？」

なんか普通になかったことにしようとしているけど、流石にそれは無理じゃないかな!?

「いやいや!?　周りにいる人達《たち》も聞いているから、流石に誤魔化せないからね？」

「しかし、素直に言ってしまってこれ以上傷つけるのは……」

え、何？　誤魔化そうとしたのはさっきの暴言じゃなくて、僕の顔がどれだけ酷いかっていうことなの……？

「えっと……申し上げにくいのですが、早乙女様は鏡というものをご存知でしょうか？」

「君は僕をバカにしているのか!?」

つまり、僕の顔はそんなレベルで酷いって言いたいのか!?

すると、彼女はその場にいた使用人を呼び出し、小さな手鏡を持って来させてそれを僕に手渡した。

「まずは、これでご自分の顔をご確認した方がいいかと思います」

何だコイツ……とことん失礼な女だな。しかし、彼女がそんなに言うほど、僕の顔って酷いのだろうか……？

そう思って、渡された手鏡を見ると――、

「……は？」


そこには死んだ魚のような目をしたクソガキの顔が映っていた。


当然、そこに映っていたのは僕の顔だ。

たとえ、このお見合いが形式だけのものだとしても、僕自身では『作り笑顔』くらいはしているつもりだった。

しかし、実際にこうして手鏡を渡されてみれば、そこに映っているのは死んだ魚のような目をした無表情のクソガキだ。

つまり、僕は今初めて自分がどんな顔をしてこの場にいたのかを知ったのだ。

「どうやら、ご自分がどんな顔をしていたのか本当に気づいていなかったのですね……」

そう言うと、彼女は心底呆《あき》れたようにため息をついた。


「あ、後は……若いお二人で……」


すると、空気を読んだのか、または危険を察知したのかは分からないが、その場にいた仲居さんはそう言って僕達二人を残して部屋から出て行ってしまった。

しかも、それを合図にか気づいたら、お互いの家の使用人達もいつの間にか部屋からいなくなっていた。

多分、この場の空気に耐え切れないから仲居さんと一緒に逃げたんだろう。

その証拠に部屋の外から『これはもうダメだ……』とか『どうするんだ！　早乙女家の跡取りにあんな暴言を吐いて！』などという声が聞こえてくる。

「どうです？　自分の婚約者が決まったと告げられて会いに来たら、死んだ魚のような目をした男の子がいた気分は？」

そう言うと、彼女はしたり顔で笑った。

まるで『笑顔とはこうやって作るんですよ？』とでも言われているみたいじゃないか。

そんな彼女の挑発じみた笑顔に、僕はつい反抗的な口調で返してしまった。

「でも、僕が死んだ魚のような目をしていたとしても、君には関係ないことだよね？」

「いいえ、関係なら大アリです」

「それは……何故《なぜ》かな？」

「だって、私達は結婚するんですよね？　なら、相手がどのような人物かは重要です」

「確かにそうだね……。でも、この婚約を決めるのは僕達じゃない」

たとえ、僕が死んだ魚のような目をしてようがしてなかろうが、僕達が婚約者になることに変わりはない。だって、これは僕達の家同士が決めた『婚約』なのだから……

つまり、この婚約において僕達個人の意思は関係ない。

だから、婚約者が『どんな人物か？』なんて考えるだけ無駄なのだ。

「家が決めたなら、僕達に選択肢なんてないじゃないか……？」

「そうですね。確かに、私達に選択肢はないのかもしれません」

そう、彼女自身もそれは分かっているはずだ。

婚約者に選ばれた時点で、僕達の結婚はほぼ決まっている。

「なら、婚約者がどんな人物かなんて、意味のないことじゃないか？」

そう、僕達に選択肢なんて存在しないのだから。

僕の家が彼女を婚約者に選んだということは、彼女もそれなりの家の人物ということだ。

つまり、この婚約にはお互いの家の事情が絡んでいる。だから、僕達に選択肢など最初から用意されていない。

なら、このお見合いにおいて『相手を知る』というのは意味のないことだ。

「いいえ、意味ならあります」

「どうせ、婚約はほぼ決まっているのに……？」

「はい、それでも意味はあります」

「それは、どんな？」

だけど、彼女はこのお見合いに意味はあるという。

だとしたら、それはどんな意味があるというのだろうか？

そして、彼女が次に口にした言葉は——、

「だって、会わないと『好き』になるか分からないじゃないですか？」


「……へ？」

「確かに、これは互いの家同士が決めた婚約ですが、もしかしたら、これが運命の出会いというものになるかもしれませんよね？」

「運命の……出会い？」

「はい、運命の出会いです。知りませんか？　物語にあるような……一目会った瞬間に心を打ち抜かれるような衝撃が来るやつです！」

「いや、それは分かるけど……」

なんだろう。さっきまで結構真面目な話をしていたと思うんだけど、急に予想外の角度からぶん殴られたような気分だ……。

とても、初対面で人の顔が気に食わないと言ってきた人物だとは思えないんだけど……

「つまり、私は『それ』がしたいのです」

「それって……運命の出会いってやつ？」

「はい。ですから、今日は『お見合い』と聞いて期待したのですが……」

「そしたら、死んだ魚のような目をした男が出て来たと」

「はい、まるでゾンビみたいに生きる気力を失った貴方でガッカリです……」

あ、良かった。この毒舌は同一人物だな。急に乙女チックなことを言い出すから性格でも変わったのかと思ったじゃないか。

「じゃあ、どうするのかな？　このままだと、君はそのゾンビを婚約者にすることになるわけだけど？」

実際に、僕が死んだ魚のような目をしているのは本当なので、ゾンビ呼びは不問にするとしても、流石にこのお見合い話をなかったことにすることはできない。

だから、彼女にはこのゾンビで我慢してもらうしかないわけだが……。

「そうですね……。では、私が教育します」

「……は？」

「ですから、教育です。婚約相手がゾンビなら、人間にすればいいじゃないですか？」

どうしよう、僕の婚約者はフランケンシュタインか何かかな？

「つまり、これから僕は君に教育されるわけだ？」

「そうですね。いずれは結婚するわけですから、ゾンビみたいな死んだ魚のような目をした貴方が普通の人みたいに笑えるようになるまで、それは全力で徹底的に教育します」

「なるほど……」

「そして、私を幸せにしてもらいます」

「なにそれ……？」

「だって、結婚するんですよね？」

確かに、このまま行けば僕は彼女と結婚することになるだろう。だって、これはそういう『お見合い』なのだから。

だけど、彼女はそれでいいのだろうか？

「その……僕が婚約者なんて嫌じゃないの？」

「何故ですか？」

「いや、何故って……」

「貴方が言ったのではないですか……？　私達に『選択肢は無い』と」

「それは言ったけど……でも、そう割り切れるものでは無いだろう？」

ましてや、婚約者なんてできたら、君がしたいと言っていた『運命の出会い』ってやつも一生できない可能性があるわけで――

「なら『幸せ』にならないと損じゃないですか」

それは、僕にとって衝撃的な言葉だった。

「選択肢が無いなら、婚約者になる以上、貴方には私を幸せにする義務があります」

「義務って……」

そんなの横暴だろ。僕だって、なりたくて君の婚約者になるわけじゃない！

「それに、貴方は『選択肢は無い』と言いましたが、貴方を嫌いになるかどうかは私の自由です」

「でも、君は僕の顔が『生理的に無理』って言ったよね？」

結局、嫌われているじゃないか……。

「ですが、その評価は私自身が決めたことです。ほら『選択肢』あるじゃないですか？」

「あ……」

「だから、私は貴方がどんな人かを確かめに来たのです」

「それは、君の意思で？」

「はい……私の意思です」

今まで周りの人間は『僕』という人間を『早乙女《さおとめ》家』という肩書でしか評価しなかった。

だけど、彼女はそんな僕を『一人の人間』として評価しようとこの場に来たのだ。

なのに、僕はそんな彼女を周りの人間と同じだと決めつけていた。


「私は幸せにならないといけないんです」

そして、彼女は言った。

「貴方《あなた》は……私を幸せにできますか？」


つまり、本当に彼女のことを評価していなかったのは僕の方だったんだ。

そして、同時に……僕は彼女をとても素敵な女性だと思った。

「もし、できなかったら……？」

「仕方ないので、私が貴方を幸せにします」

「君が僕を……？」

「だって、私達《たち》は『婚約者』なんですから」

僕はその時、初めて彼女に一目《ひとめ》惚《ぼ》れをしたのだった。

「じゃあ、仕方ないから……僕が君を幸せにするよ」

だけど、僕はその『約束』を守ることはできなかった。

【愛坂《あいさか》】

「婚約が取り消しになった？」


そして、彼女が僕の婚約者になって一ヶ月もしないうちにその知らせは来た。

父に呼び出されて聞かされた話は次のような内容だった。

僕の婚約者となるはずだった彼女の父親が警察に捕まったというのだ。

内容は彼女の父親が重役を務める銀行が不正な融資を行っており、それに彼女の父親が関与した疑いがあるというものだった。

しかし、父によれば、今回の件は銀行内での派閥争いの結果、彼女の父親が誰かにハメられて濡《ぬ》れ衣《ぎぬ》を着せられた可能性が高いとのことだ。

だから、任意での取り調べを受けているだけで、まだ実際に彼女の父親が逮捕されたわけではない。

だけど、それはあくまで全て憶測であり、真実は僕達に分かるわけなどない。ただ、僕達が分かることは彼女の父親が逮捕されるのは時間の問題だし、そんな相手との婚約をこの家が続けるわけが無い。という、結果だけだ。

「……彼女はどうなるんですか？」

そんなこと分かっている。父親が逮捕される以上、彼女はもう今までのような暮らしはできないだろう。もし彼女の父親が有罪になれば、多額の損害賠償が彼女の家には請求されるだろうし、生きていくには名前すら変える必要があるかもしれない。

いや、生きてくれればまだいいけど――

すると、父は言った。

「親父《おやじ》なら……まぁ、なんとかできるかもな」

それは悪魔の選択だった。

父が言う『親父』というのは、僕の祖父……つまり、この『早乙女家』を一人で築き上げた人間であり、僕が一番嫌っている実家の力を借りるということだ。

だけど、彼女は言っていた。

『貴方が言ったのではないですか？　私達に選択肢は無いと』

そうだ、僕の人生には……元から、選択肢なんて用意されてない。

そして、思いだせるのは、
あの時に交わした彼女との言葉――、

『貴方は……私を幸せにできますか？』

だから、僕は初めて自分の家の力に頼ることにした。

「……お願いします」

彼女との『約束』を守るために――


その数日後。彼女の父親は無事に釈放された。

何があったのかは分からない。

だけど、結果的に彼女の父親は責任を取って辞任したが、その代わりに父のグループ企業の役員になっていた。

そして、彼女は――、

「初めまして、今日からご主人様のメイドになりました。綾坂《あやさか》です」

僕の『メイド』として僕の前に現れたのだった。

「なんで……」

「ご主人様？」

喋《しゃべ》ろうとしても上手《うま》く声が出せない。それほどまでに僕は動揺していた。

……後悔した。

何をしたのか分かっていたはずだ。

たとえ逮捕されなかったとしても、全てが元に戻れるわけがない。

だって、彼女の家は僕の家に一生の恩ができてしまったのだから。

こんなつもりじゃなかった。

でも、僕が頼ったことで、結果的に僕の祖父は僕の願い通り彼女の父親を助けた。

彼女の『家』をまるごと『早乙女家』に吸収するという形で……

つまり、彼女をメイドにしたのはこの僕だ。

幸せにすると約束したのに、その結果がこれだった。

多分、彼女は僕のことを恨んでいることだろう。

だから、彼女も『初めまして』と言ったのだ。

僕の婚約者だった『綾坂愛花《あいか》』という『名前』を捨てて、ただ一人の名も無い『メイドさん』として現れたのだ。

「初めましてか……なら、その名前は捨てよう」

「では、なんと名乗りましょうか？」

だから、決別の意味で僕は彼女に新しい名前を付けた。

「『愛坂』……なんてどうかな？」

だって、僕にはもう彼女の名前を呼ぶ資格などないのだから……。

「かしこまりました……ご主人様」

# 第四章

## 【たった一つの逃げ道】

「ここが悠《ゆう》ちゃんが住んでいる部屋ね！　とーっても、素敵じゃない♪」

あの後、学校が終わって直《す》ぐに僕は詳しい話を聞くため、しぶしぶだが麻衣《まい》姉《ね》ぇを僕の住むマンションの部屋に案内していた。

「素敵って……麻衣姉ぇの家の方が凄《すご》いだろ？　見えすいた嘘《うそ》はいいよ……」

「あら、嘘なんかじゃないわよ？　確かに、悠ちゃんの実家や、アタシの家に比べたら、多少狭いかもしれないけど……」

「狭いとは思っているんだ……」

一応、この部屋2ＬＤＫなんだけどなぁ……。

「それでも……悠ちゃんには、この家の方が『あの家』よりも良いのよね？」

麻衣姉ぇが言っている『あの家』というのはもちろん僕の実家のことだ。ただ、僕を監視するためだけの場所……確かに、それと比べたらここは素敵だ。

「なら、お姉ちゃんにとっても、ここは素敵な場所よ♪」

「まぁ、あの家よりはマシってのは否定しないけど……」

そんな麻衣姉ぇの言葉から悪意はない。麻衣姉ぇはそれを素で言う表裏の無い人なんだ。

だからこそ、やりづらいんだ。

「お帰りなさいませ、ご主人様、麻衣様」

するとどうやって先に帰ったのかは分からないが、メイド服姿の愛坂が部屋の掃除を済ませて僕達《たち》を迎えてくれた。

リビングに入ると既にテーブルの上には二人分の紅茶とお菓子まで用意してある。

「確か、愛坂さんだったかしら？　制服も素敵だったけど、メイド服も素敵ね♪」

「あ、ありがとうございます……」

「こんなに素敵なとこなら、アタシも一緒に住んでみたいわねぇ～」

「麻衣姉ぇ、それは止《や》めてくれ！　そんなことしたら、ややこしいことになる未来しか見えないから！」

ただでさえ、麻衣姉ぇという他の『家』の人間が転校してきたというのに、その麻衣姉ぇが、ここに住むと言い出したら本格的に僕の実家が何を言うか分からない。

何だったら麻衣姉ぇにその気が無くても、麻衣姉ぇの実家がそれを『既成事実』として無理やり僕を麻衣姉ぇの五月《さつき》家に取り込もうと考えるかもしれない。

僕達の『家』はそういうことを平気でやりかねないんだ。

「……そう？　まぁ、悠ちゃんがそう言うなら仕方ないわね……」

すると、麻衣姉ぇはあっさりと引き下がってくれた。もしかしたら、麻衣姉ぇの言葉にそういう企《たくら》みはなかったのかもしれない。

まぁ、麻衣姉ぇが引っ越してくることも可能だとは思うけど、お互いの実家の関係があるから絶対に面倒ごとになるんだよな。勘弁してくれ……。

「それで、お見合いのことだったわよね」

少し、話が脱線したが、麻衣姉ぇもようやく本題に入る気になったようだ。

「ああ、確か麻衣姉ぇの叔父さんがお見合い話を持ってきたって話だけど……」

「ええ、お父様も悠ちゃんに婚約者がいないことを心配していたのよ♪」

余計なお世話である。

しかし、僕も『早乙女《さおとめ》家』として立場があるから、そう簡単に答えるわけにもいかない。

「それに。お見合い相手はお父様と、とーっても仲が良い会社のご令嬢だから、相手についても心配いらないわ！」

いやいやいや！　それって、つまり……政略結婚だよね？

滅茶苦茶《めちゃくちゃ》心配しかないんですけど……

「しかし、なるほど……」

「悠ちゃんってば、そんなに考え込んでどうしたの……？」

ちょっと、状況を整理しよう。

もし、僕がこの話を断ったら麻衣姉ぇの家に泥を塗ることになるし、逆に断らなければ祖父が僕のことを心配している以上、麻衣姉ぇの実家は僕の実家『早乙女家』に恩を売ったという形になる。

つまり、僕はこの話を受けても断ってもややこしいことになるという事だ。

「……手の込んだ嫌がらせだな」

「悠ちゃん、どういうことよ？」

「いや、何でも無いよ」

多分、この感じから麻衣姉ぇは本当に叔父さんから伝言を頼まれただけで何も気づいてはいないんだろう。

まぁ、麻衣姉ぇはそういう人だからな。

「悠ちゃん、それでお見合いはいつにするの？　お姉ちゃんとしては、日程は早ければ早いほど良いと思うのよね♪」

「いや、麻衣姉ぇ？　その話はさっき断ったよね……？」

何故《なぜ》か、麻衣姉ぇの中では僕がこのお見合い話を受けることで話が進んでいるようだ。

これはとても不味《まず》い……麻衣姉ぇのことだ。

もし、麻衣姉ぇが早とちりしてお見合いの了承でも伝えたら大変だ！

ここはなんとしても返事だけでも保留にしたいが……

すると、麻衣姉ぇは何か気になったようで僕に質問をしてきた。

「そういえば、悠ちゃんはこの子と一緒に住んでいるのかしら？」

「え、あぁ……一応、彼女は僕のメイドだからね」

愛坂《あいさか》はあくまでメイドの仕事をこなすために一緒に住んでいるだけだ。

それに、僕だってメイドの彼女に何かをしようだなんて思わない。だって、愛坂は僕の大事なメイドさんだからね。

「メイドとは言え……まぁ、良いか。そもそも、お見合いをしたら、二人には離れて暮らしてもらえばいいだけだもんね♪」

「「え！」」

突然の麻衣姉ぇの台詞《せりふ》に、思わず僕と愛坂の驚きの声が重なった。

すると、麻衣姉ぇが視線を僕達に向けてきた。

「何をそんなに驚いているのよ？　婚約者が決まれば、たとえメイドとはいえ、年頃の男女が一緒に住んでいるなんて大問題に決まっているじゃない？」

麻衣姉ぇの言うことは確かにその通りだ。もし、このお見合い話が進めば僕がメイドと二人で暮らしているこの現状を相手側はよく思わないだろう。

「それに、愛坂さんは『早乙女家のメイド』よね？　なら、このお見合いが決まったら、彼女は早乙女家に戻るのが筋よ」

「それは……」

確かに、麻衣姉ぇの家が持ってきたお見合い話を受けるということは、僕は『早乙女家』を捨てて麻衣姉ぇの家……『五月家』と縁を持つということだ。

つまり、早乙女家のメイドである愛坂とは、離れないといけなくなってしまう。

だけど、僕は――

「麻衣姉ぇ、僕はもう家を出たんだ！」

「そんなの、もちろん分かっているわよ。だから、悠ちゃんは実家と縁を切りたいのよね？　なら、このままお姉ちゃんに全て任せなさい♪」

「いや、違くて……」

僕が本当に縁を切りたいのは実家だけではない。むしろ、それは僕が目的を果たすための手段に過ぎない。

だけど、この僕が早乙女家から出て一人暮らしをしている現実を見れば、誰もがそう受け取るだろう。

だって、僕が家を出た本当の理由は――

「麻衣様！」

その時、何も言えない僕の代わりに声を上げたのは愛坂だった。

「愛坂さん……どうしたの？」

「ご主人様はこのお話を望んではいません……」

「……悠ちゃん、そうなの？」

「は、はい！　ですから、麻衣様！　どうかこのお話は……」

「でも、アタシは『悠ちゃん』に聞いているのよ」

その言葉を聞いて愛坂の表情がショックを受けたように固まった。

「だから、ただの『メイド』の貴方《あなた》が口を出していい話じゃないわ。それとも……貴方は、

【メイドさんと正座】


「ご主人様、これは一体どういうことですか!?」

麻衣姉《まいねえ》ぇが帰った後、僕は愛坂の目の前で正座をさせられていた。

自分のご主人様を正座させるメイドさんって問題ではないのだろうか……？

「いや、あれはお見合い話を断るためと言いますか……ね？」

あの後、僕の『愛坂と付き合っている』宣言を聞いた麻衣姉ぇは――

『じ、事情は分かったわ！　あ、後は……おおお、お姉ちゃんに任せてちょうだい！』

――と言って、直《す》ぐに帰ってしまったので、実際にお見合いの話がどうなるのかは麻衣姉ぇの行動次第だろう。

「だとしても！　私がご主人様と……っ、付き合っているなんて……っ!?」

「ハイ、本当にすみません……」

……アカン、愛坂の奴《やつ》、めっちゃ怒っている。

まぁ、そりゃあ仕方ないか。何せ僕が勝手にあんなことを言ってしまったのだからな。

愛坂からすれば、家の都合で元婚約者のメイドにされたと思ったら、今度は僕の勝手で恋人扱いだ。そりゃあ、怒っても仕方ないだろう。

「……ゴメン、愛坂の気持ちを考えたら、こんなの嫌に決まっているよね」

「それは別に……」

そう言うと、愛坂は僕から目を逸《そ》らした。

愛坂はメイドという立場だから、そんなに強く言わないけど……実際には僕に対する不満で一杯なのがその態度を見れば分かる。

実際に、僕もご主人様という立場を利用して、彼女の意思を無視した自覚はある。

でも、そんなのは……僕が嫌っている自分の実家のやり方と何一つ変わらない。

「愛坂、本当にごめん……」

「……ご主人様、昔のことは気にしないでください。今の私はただのメイドです。まぁ、勝手に『恋人』にさせられたのは不服ですが……」

「愛坂……」

「ですが、麻衣様にあんなことを言って、ご主人様はどうするつもりなのですか？」

「それは……しばらくは誤魔化すしかないかな？」

「しばらくということは、一応は付き合っているという体《てい》でよろしいのでしょうか？」

「まぁ、そうなるね……」

「そうですか……」

すると、愛坂は自分の部屋へと戻って行ってしまった。

どうやら、愛坂は僕を許してくれたらしい。

はぁ、よかったぁ……。

いや、もしかしたら、あの顔の裏側では憤怒の感情が渦巻いている可能性も否定はできないか……。

でも、愛坂は元婚約者と恋人のフリをするなんて、一体どんな気持ちなんだろうか？

## 【怒りの裏側】

「た、大変なことになりました……」


一通り話が終わった後、急いで部屋に戻った私は一人で頭を抱えた。

「ご主人様のバカ……」

何故《なぜ》、彼は『付き合っている』なんて言ったのだろう。

「あんな嘘《うそ》をついて……」


『実は……僕は愛坂《あいさか》と付き合っているんだ！』


あれが、彼の咄嗟《とっさ》に出た嘘だとは分かっている。

ご主人様が実家のしがらみから逃げたくて、つい身近にいた私を恋人にしただけだ。

「だとしても……」

たとえ、それが嘘だとしても……しばらく、私は彼の『メイドさん』ではなく『恋人』にならなければいけない。

「……上手《うま》くやれるでしょうか？」

私が彼の婚約者だった昔みたいに……この気持ちを隠して、上手く『恋人役』を演じることができるだろうか？

そう呟《つぶや》く私の顔は少し赤くなっていた。

## 【メイドさんと新しい一日】

昔の夢を見た。
それは、まだ彼女が僕の婚約者だった時の何気ない会話だ。
『初めて会った時に比べると、貴方《あなた》の顔も少しはマシになったわね』
『え、そうかな……？』
『ええ、なんと言うかこう……見れば見るほど愛着が湧いてくるというか……』
『それは婚約者に対する評価じゃないと思うのは僕だけかな？』
『そんなこと無いわ……だって、この評価は私が貴方を信頼している証《あかし》だもの』
そう言うと、彼女はニコリと笑顔を向けてきた。
うーん、信頼の証ね。何か笑顔で誤魔化されている気がするなぁ……。
『その割には綾坂《あやさか》さんって、僕のことを名前で呼ばないよね？』
『それを言うなら、貴方も私を名前では呼んでくれないじゃない？』
『そ、それは……』
そう言われてみれば、確かに僕は未《いま》だに彼女のことを名前で呼んだことは無かった。
別に、彼女を名前で呼ぶことに抵抗があるわけじゃない。

『まさか、とは思うけど……私の名前を覚えてないなんてことはないわよね？』

『流石《さすが》に、僕も婚約者の名前くらいは覚えるよ……』

でも、その時の僕は先に彼女を名前で呼んだら何か負けのような気がしたのだ。

だから、僕は少しだけ彼女に意地悪をした。

『……なら、綾坂さんが僕を名前で呼んでくれたら、僕も名前で呼ぶことにするよ』

すると、彼女は『むぅ……』と唸《うな》ってから小さい声で仕方なさそうに呟いた。

『貴方って、意地悪なのね……』

そして、彼女は少し悔しそうに僕の名前を呼んでくれた。

『さぁ、悠《ゆう》。次は貴方の番よ』

その時の彼女の表情がとっても可愛《かわい》かったのを今でも覚えている。

名前を呼ぶだけでそんな表情を見せてくれるなら、これからは、なるべく彼女の名前を呼ぶようにしよう。

——そう、僕は思ったんだ。

「悠くん、起きて♪　もう朝だよー？」

朝、起きたらメイド服姿の愛坂が僕の上にまたがっていた。

「……何しているの？」

何だろう？　これも夢かな？　愛坂がメイド服なのに、学校にいる時のような口調で喋《しゃべ》っている。まるで、昔の彼女と勘違いしてしまいそうだ。

あと、またがっている位置が危ない。

特に朝は危険だ。

「もう、見て分からないの？　悠くんを起こしてあげているんだよ♪」

「いや、それは分かるんだけど……」

いつもなら、メイド服の愛坂はメイド口調のはずなのに何で優等生モードなんだ？

「えっと、愛坂……どうしたの？」

僕が困惑しながらそう尋ねると、愛坂はさっきまでの優等生モードを解除し、いつものメイドさん口調で小声で答えた。

「付き合っている設定なので」

「なるほど……」

まったく分からない。

もしかして、愛坂は付き合っている設定が嫌なのだろうか？

だから、普段のメイドさんの口調でなく優等生モードを演じることでわざとらしく『これは演技ですよ』と僕に伝えているのかもしれない。

すると、次の瞬間、僕の部屋のドアが勢いよく開かれた。

「悠ちゃん、朝よ～♪　このお姉ちゃんがわざわざ起こしに来てあげたわ！」

「ま、麻衣姉《まいね》ぇ!?」

何で、麻衣姉ぇが朝から僕の家にいるんだよ!?　てか、ちょっと待て！　今この状況を見られるのは——

「もう、悠ちゃんてばお寝坊さんが過ぎるわね～♪　愛坂さんが悠ちゃんを起こすと言ってから十分も経《た》っているし、一体何をして——ってぇ!?」

さて、問題です。

朝、ベッドに横たわるご主人様（僕）にまたがるメイド服の愛坂（恋人設定）この状況を第三者の麻衣姉ぇが見たら一体僕達《たち》は朝から何をしていたのだと思われるだろうか？

「いや、麻衣姉ぇ落ち着くんだ……」

「ゆ、悠ちゃんも……朝は元気なのね……」

「違うから！　愛坂も何か言ってくれぇ！」

「ま、麻衣様！　これは、その……朝のご奉仕をしていただけです！」

「愛坂!?」

「愛坂さん!?」

ちょっ！　お前は何誤解されそうなこと言っているんだよ!?　あと、早く僕の上から下りてくださいませんかね!?

「お、邪魔しましたぁ……」

「麻衣姉ぇ、待ってくれぇえええええ！　これは違うんだぁああああああああ！」


「それで、何で麻衣姉ぇが朝からいるのさ？」

あの後、何とか誤解を解いた後、愛坂が用意してくれた朝食を取りながら、僕は麻衣姉ぇが家にいる理由を尋ねた。

「そんなの、二人の暮らしを確認するために決まっているじゃない？」

何やら聞き捨てならない台詞《せりふ》が聞こえた気がするけど気のせいかな？

「そうよ♪　だって、悠ちゃんはアタシの大事な弟だもの！」

「いいえ、違います」

僕と貴方は従姉《いとこ》であって姉弟《きょうだい》ではないからね……？

まったく、勝手な捏造《ねつぞう》は止《や》めて欲しい。

「もう、悠ちゃんてば……そんなの言われなくても、お姉ちゃんだって分かっているわよ。あ・く・ま・で、従姉弟《姉弟》みたいなものだと、言いたいだけでしょう？」

まぁ、それも麻衣姉ぇが勝手に言っているだけなんだけどなぁ……。

すると、麻衣姉ぇはその笑顔を崩さずに愛坂へと向けた。

「だからこそ……悠ちゃんがメイドと付き合っていると言うのなら、そのメイドさんが、悠ちゃんにふさわしいか、見極めるのがお姉ちゃんの務めというものじゃない！」

「本来は従姉の麻衣姉ぇが口を出す権利は無いんだけどね……？」

「そんなこと無いわよ！　だって、アタシもお見合い話を持ってきた以上は、その結果をお父様に報告する義務があるんだから！」

つまり、麻衣姉ぇからしたら、お見合い話を持ってきた手前、手ぶらで帰るわけにはいかないということだろう。

だから、しばらく様子を見るという結論になったのか……。

「ご主人様、早く召し上がっていただかないと朝食が冷めます」

「あぁ、そうだね。愛坂《あいさか》が作ってくれたのに冷めちゃったら悪いよね。いただきます！」

話に夢中になっていたけど、テーブルに並んでいる朝食のメニューはごはんに味噌汁《みそしる》と目玉焼きに納豆という実に僕好みな『ごくごく普通』の朝食だ。

「うん、やっぱり朝は和食に限るね！　いかにも、普通って感じがしていい！」

「確かに、美味《お》しそうだけど、アタシはトーストとサラダの方が好きね」

「麻衣様、申し訳ございません。ご主人様は和食派でして……」

「愛坂、麻衣姉ぇの言うことは気にしなくていいからね？」

人の家に勝手に上がりながら、ちゃっかり朝食まで食べているんだから、なんて図々《ずうずう》しい従姉なんだろうか。

そんなことを思っていると、愛坂が意外な告白をした。

「因《ちな》みに、私も朝食は『パン派』です」

「まさかの『米派』は僕だけだった!?」

今まで何も言わなかったから、てっきり愛坂も『米派』だと思っていたけど違ったの!?

「悠ちゃんってば、そこまでしてお米を……ハッ！　もしかして、悠ちゃんが家を出たのも……朝にお米が食べたかったからだったりして!?」

「そんな理由で家を出るって、僕はバカなのかな!?」

いや、確かに、あの家はいつも朝はパンだったけど……

「てか、愛坂もそれなら早く言ってよ！」

「しかし、私はメイドですから、私の個人的な理由でご主人様のご希望と違うメニューを作るわけにはいきません」

「そ、それはそうかもしれないけどさ……」

でも、僕がいつも朝食に米を食べているってことは、それを用意してくれている愛坂も毎朝お米で我慢しているってことだよね？

「いいえ、私はご主人様が起きる前にこっそりパンを焼いて食べております」

「何それ知らないんだけど!?　もしかして、朝だけは一緒に食べない理由って……」

「はい、ご主人様に気を遣わせるかと思って隠しておりました」

「メイドとしては正しい判断かもしれないけどね!?」

コイツ……だから、僕が『メイドとか関係ないからごはんは一緒に食べよう』と言っても、朝だけはかたくなに僕の前では食べなかったのかよ！

「まさか、そんな理由だったなんて……」

すると、そのやり取りを見ていた麻衣姉ぇがポツリと呟《つぶや》いた。

「二人は付き合っているのよね？　なのに、朝食は一緒に食べないの……？」

「「――ッ!?」」

ヤバイ。麻衣姉ぇには僕達が付き合っていることになっているんだった。それなのに、朝食すら一緒に取っていないのは確かに変だよな。

さて、どう言い訳をするべきか……

そう僕が考えていると、愛坂が小声で僕にささやいてきた。

「ご主人様、ここは私に説明を任せてください」

「愛坂？」

すると、愛坂は麻衣姉ぇに向き直っていつも通りのメイド口調で話し始めた。

「確かに、ご事情を知っている麻衣様からしたら不自然ですよね……」

「愛坂さん……？」

「ですが、私達はメイドとご主人様という関係があります。なので、たとえ『恋人同士』だとしても、この服を着ている時は仕事とプライベートは分けております！」

なるほど、本来はメイドの時が素の愛坂だけど、それを逆にすることでメイド服を着ている時は『あくまでメイドとして接しているだけですよ』という建前にするつもりか。

確かにそれなら、メイド服を着ている時は恋人のフリをしなくてもいいもんな。

すると、その愛坂の説明に感銘でも受けたのか麻衣姉ぇがいきなり愛坂に抱き着いた。

「愛坂さん、素晴らしいわ！　これは、お姉ちゃんポイント百万点、追加ね♪」

どうやら、麻衣姉ぇも納得してくれたようだな……てか、お姉ちゃんポイント？

「麻衣姉ぇ、その『お姉ちゃんポイント』って何？」

「お姉ちゃんポイントは、アタシが気に入った相手に渡す評価ポイントよ♪」

何それ、そのポイント制度初耳なんだけど……

「麻衣様、それは、貯《た》めると一体どのようなことがあるのでしょうか？」

「一億お姉ちゃんポイント貯めると、悠《ゆう》ちゃんのお嫁さんになれる権利を上げるわ♪」

いや、そんな権利無いからね!?

「分かりました……是非、一億ポイント頑張って貯めます！」

「愛坂も麻衣姉ぇの戯言《たわごと》を真に受けなくていいからね!?」

てか、愛坂もノリが良すぎだろ。まさか、本当に麻衣姉ぇの言葉を信じているわけじゃあるまいし……な、ないよね？

「あら、お姉ちゃんはいたって真剣よ？　一応、このお見合い話だって、悠ちゃんにふさわしい相手が他にいるのなら、お姉ちゃんが一肌脱いであげてもいいんだから♪」

「え、それって……つまり、麻衣姉ぇが納得したら、このお見合い話は無かったことにしてくれるってこと？」

流石《さすが》に、麻衣姉ぇもこのお見合い話をなかったことにするのは無理だと思うけど……

「麻衣様、そう言うということは違うのですか？」

「当然よ！　アタシだって、悠ちゃんの嫌がることはさせたくないもの！　だから、他に悠ちゃんを任せられる相手がいるのなら、この話はアタシから、お父様に白紙にするように、上手く伝えてあげるわ♪」

「まぁ、それなら……」

つまり、麻衣姉ぇにも、それくらいの力はあるということなのか……？

確かに、僕が直接断ったのではなく、麻衣姉ぇが勝手に判断して断ってくれるなら、先方の家にも角がたたなくてすむし、なにより……僕が困らなくてすむ。

まぁ、麻衣姉ぇの家は困るだろうけど……でも、案外良い話かもしれない。

「だから、今日も抜き打ちで悠ちゃんの家にお邪魔したのよ♪」

「もしかして、朝の愛坂の変な起こし方は……」

「はい、麻衣様がご主人様の恋人として、私がふさわしいかチェックするというので、麻衣様に認めてもらうために『恋人らしく』起こしてみました」

なるほどね……。だから、あんな起こし方だったのか……。

「その割には起こし方が恋人として、ふさわしくなかった気がするけど？」

一体、愛坂は何を参考にしてあんな起こし方を試したのだろう。

「一応、ご主人様がよく話題にしている漫画やラノベを参考にしました」

真犯人は僕だった。僕自身が原因だった。

どうやら、愛坂は恋人のフリをするにあたって僕の持っている漫画やラノベを参考にしたようだ。確かに、僕が家を出る時に『普通の男子高校生』って何だろうと思って漫画やラノベの主人公を参考にしたもんなぁ……。

「因みに、麻衣姉ぇは愛坂が僕の交際相手にふさわしいか『見極める』って言っていたけど、具体的に何をチェックするつもりなの？」

「そうね。まずは……」

「まずは？」

「朝ごはんのチェックよね～♪」

「……姑《しゅうとめ》かな？」

多分、それ麻衣《まい》姉《ね》ぇがお腹《なか》減っているだけだよね？

## 【メイドさんのあるべき日常】

「悠くん、お昼一緒に食べよう♪」

「愛坂さん、一緒に食べようか」


愛坂と付き合っているフリをすることになった僕は、その設定を守るため学校でも愛坂と一緒に行動をすることになったのだが……


「あの早乙女《さおとめ》くんが!?」

「愛坂さんと一緒に!?」

「「「イチャついているだとぉおおおおおおおお!?」」」


当然、それを見た教室中のクラスメイト達《たち》はパニックになっていた。


「嘘《うそ》だぁあああああ！　実は俺、愛坂さんのこと密《ひそ》かに狙っていたのにぃいいいいい！」

「俺もそうだって！　だって、早乙女の奴《やつ》、愛坂さんに興味無い感じだったじゃん！」

「てか、愛坂さんは早乙女なんかのどこがいいんだよ！」

「ちょっと！　愛坂さんが早乙女くんと結ばれたってことは……」

「愛坂さんに夢中だった男子の目が他の女子達に向くってことよね？」

「やったーっ！　愛坂さんの応援していて良かった……」

「早乙女くんなら、誰も取り合いにならないもんねー♪」

　まぁ、今まで学校で愛坂を避けていた僕がこんな行動を取れば、教室がこういう反応になるのは当然か……てか、クラスメイト達の中に反応がちょくちょく失礼なのがいるな。

「ほら、今日は悠くんのために、お揃《そろ》いのお弁当を作って来たんだよ」

「いや、それいつものことだよね……？」

「はい、悠くん。黙って『あーん』して」

　いつもお昼は愛坂と屋上にいる僕が、今日は何で教室で食べているかというと……

「二人とも仲が良くて、お姉ちゃんも安心だわ♪」

　もちろん、麻衣姉ぇがいるからだ。

　麻衣姉ぇに付き合っていると言った手前、わざわざクラスメイトから隠れて屋上で食べても不審に思われるかもしれないので、教室で食べた方がいいという愛坂の提案だった。

　因みに、学校にお弁当を持って来るという概念が無かった麻衣姉ぇは、何故《なぜ》かクラスの男子達が持ってきた食堂のラーメンを教室で食べていた。

「初めて食べたけど、この『学食のラーメン』っていうのも、意外と美味しいわね！」

「はい！　僕達、麻衣さんのお役に立てて光栄です！」

「麻衣さん！　他にも、困ったことがあったら、何なりと俺達にお申し付けください！」

「皆も、アタシのためにわざわざ、ありがとうね♪」

「「ハイ！　麻衣様のためですから！」」

いや、食堂のメニューを教室に持ってこさせるのも論外だし、麻衣姉ぇは何でいつの間にかクラスの男子達を召使にしているのかな……？

「悠くん、何処《どこ》を見ているの？　可愛《かわい》い彼女がいるのに他の子を見るのは浮気だよ！」

「いや、麻衣姉ぇの方を少し見ただけなんだけど……」

「言い訳はしないの！」

「はい……」

てか、別にこれくらいで浮気にはならないと思うが？

すると、愛坂《あいさか》が周りに聞かれないように小声で注意をしてきた。

「ご主人様、これはアピールです。こうして、私が嫉妬しているように周りに見せることで『本当に私達が付き合っている』と外堀を埋め——ではなく、アピールしているのです」

「な、なるほど……」

つまり、これも愛坂の演技か。確かに、愛坂が嫉妬なんてするわけないもんな……。

「……むぅ」

「愛坂？　なんか急に黙ってどうしたの？」

「な、なんでもありませ――じゃなくて、なんでもないもん！」

しかし、いつもは屋上でお昼休みを過ごしているから、こうして教室で愛坂と二人で堂々と食べるのは、何だか少し不思議な気分だな。

だけど、愛坂からしたらこれが彼女にとっての『普通の学校生活』なのかもしれない。

彼女が僕のメイドではなく『普通の女の子』だったら――

僕が普通を望んでいるように、彼女もこんな学校生活を望んでいたのだろうか？

「はい、悠くん！　私のお弁当の卵焼きも上げる！　『あーん』して」

「いや、愛坂……それ間接……キス……」

それは……僕の考えすぎなのだろうか。

**【寄り道】**


「ご主人様とご一緒に下校するなんて、なんか不思議な気持ちですね」

「まぁ、いつもは別々に下校しているからね」

放課後、私は珍しくご主人様と一緒に下校していた。

麻衣様に付き合っていると言った手前、別々に下校なんかしたら、麻衣様に疑われる可能性があるので、これからは登下校も一緒にすることになったのだ。

もちろん、偽りの恋人関係とはいえど、そこは主《あるじ》とメイドの関係ということもあるので、常に私はご主人様の一歩後ろを付いて行くように意識はしている。

しかし、これはある意味チャンスではないだろうか？

せっかく一緒に下校しているのに、このまま家に帰るだけというのは少々もったいない。

どうせなら、この機会を活《い》かして……

そう思って、私は昔みたいな口調でご主人様にある提案をしてみた。

「ねぇ、悠。せっかく一緒に下校しているんだし……何処か寄り道とかしていかない？」

すると、ご主人様は案の定、私の口調が昔みたいに変わったことに驚きを見せつつも、なるべく動揺を見せないようにしているのか、いつも通りの様子で返事をした。

「え、寄り道……？」

「そう、何処かで遊ぶのでも何か食べていくのでもいいし……そうした方が、ただ一緒に下校するよりも、私達が付き合っているって噂《うわさ》も信憑性《しんぴょうせい》が増すでしょう？」

「でも、それは麻衣姉ぇがいる所で見せないと意味が無いんじゃないかな……？」

確かに、ご主人様の言う通り、麻衣様は既に『今日は用事があるから、アタシはお先に失礼するわね～』と言って、学校が終わると迎えの車に乗って先に帰ってしまっている。

だから、麻衣様がこの場にいないのに、私達がこれ以上恋人のフリをする必要なんてないとご主人様は思っているのだろう。

なら、その考えを変えればいいだけだ。

そして、私は周りにいる他の下校中の生徒を見るようにご主人様に視線で促しながら、改めてメイドさん口調でこう言った。

「ご主人様、それはどうでしょうか？」

「どうって……つまり、何か問題があるの？」

「考えてみてください。もし、ここにいる他の生徒の中に私達のクラスメイトがいて、別々に下校している私達を目撃し、それを麻衣様が知ったら、どうなるでしょうか？」

「そ、それは……」

そう、確実にそれはご主人様にとって面倒なことになる。

「でも、そんな偶然めったにないんじゃ……」

「絶対に無いと、言えますか？　麻衣様の今日のお昼休みの様子を思い出してください」

「今日の麻衣姉ぇの昼休み？」

そう言われて、ご主人様は今日のお昼休みに起きた麻衣様の周りの出来事を振り返り、しばらく首を傾《かし》げてあることを思い出したかのように呟《つぶや》いた。

「そう言えば、今日は麻衣姉ぇの周りにいたクラスの男子達が数人下僕みたいになっていたな」

「ご主人様、気づいていますか。麻衣様が転校して一日しか経《た》ってないのにあれですよ？　ここにいる他の生徒があのように、なってないと保証できますか？」

「うっ、それは確かに……」

実際に、ご主人様は否定できないはずだ。

「もし、この場にいる他の生徒が今は麻衣様の虜《とりこ》になってなくても、今日の麻衣様のカリスマ性からすれば、いずれはなる可能性はあります。その時に、今の私達の様子が麻衣様の耳に入らないという可能性はありますでしょうか？」

まぁ、実際に言えば可能性は低いでしょう。だけど、今はご主人様にそういう可能性があると思いこませるだけで十分……。

何故なら、これはご主人様と一緒に『寄り道《デート》』をするための交渉だからだ。

「……でも、それなら一緒に帰るだけでも十分じゃないかな？」

なるほど……つまり、わざわざ寄り道までする必要はあるのだろうか？　と考えているわけですね。なら、あと一押しでしょうか。

「ご主人様、それは……ずばり、アピールです！　逆に、あらかじめ周りの生徒に私達がラブラブだと見せつけることで、今の内に噂の信憑性を上げることが重要なのです！」

「なるほど……」

確かに、私とご主人様が『付き合っている』という噂は既にクラスに広まっている。

だからこそ、ここでさらにアピールをすることで、学校中にこの噂を広めて、麻衣《まい》様により疑われないようにしようという理由ならご主人様も納得するだろう。

「分かったよ……愛坂がそこまで言うなら。そうしよう」

ふぅ、ここまで説得してやっと頷《うなず》きましたか……本当に面倒くさいご主人様ですね。

「でも、いきなり寄り道といってもねぇ……」

「別に、私達が付き合っているとアピールできれば、どこでもいいのではないですか？」

「なら、愛坂が決めてよ」

「へ……？」

ご主人様の提案に思わず私は不覚にも変な声を上げてしまった。

「何を驚いているのさ？　何処でもいいって言ったのは愛坂だろう？」

「そ、それはそうですが……でも、せっかくなら、ご主人様が行きたいところに行くべきではないでしょうか？」

あくまで私はメイドだ。ならここはご主人様の行きたい場所に付いて行くのが普通だ。そもそも、ただのメイドがご主人様を自分の意見で連れまわすなんてとんでもない。

すると、困ったようにご主人様は弱音を吐き出した。

「いや、でもね……正直に言うと、僕って誰かと付き合った経験とか無いから、こういう時に『普通の高校生』が何処に行くとか分からないんだよね」

確かに、ご主人様は自ら望んで『普通の高校生』としての日常を過ごしてきたが、生憎《あいにく》なことに今までご主人様が経験してきたのはただの『ぼっちの高校生』の日常だ。

そんなご主人様には付き合い始めた高校生のカップルが学校帰りに何処に行くとかまったく分からないのは当然かもしれない。

「だから、そう言うのなら愛坂の方が詳しいんじゃないかって思ってね。ほら、愛坂なら他のクラスメイトとも話したりするだろう？」

「そ、そういうことでしたら……しかし、お恥ずかしいことに私もあまりそういう話には詳しくないので、ご期待には応えられそうにないです」

「あぁ、そうなんだ……」

私だって、放課後はご主人様のメイドとしての仕事があるわけだから、放課後の高校生事情にはあまり詳しくないというのが本音だ。

「つまり、僕達《たち》は二人そろって普通の高校生事情に疎いということか」

「そういうことになりますね……」

そう言って、私が申し訳ない気持ちで呟くとご主人様が悲しそうな目で私を見た。

どうせ、ご主人様のことだから『申し訳ないのは自分の方だ』なんて、思っているのだろう。まったく……こっちが『付き合いましょう』と誘った時は断ったくせに、今度は自分の勝手で『恋人のフリ』をさせたりするのだから本当に勝手なご主人様だ……。

すると、突然妙案を思いついたかのように話し出した。

「それでも、僕は愛坂の行きたいところに行きたいんだ」

「わ、私の行きたい場所ですか？」

「うん。別に、愛坂が行きたいところが無いなら、適当に思いついた場所でもいいから、何か候補は無いかな？」

「し、しかし……メイドの私に決める権利などは……」

私がそう渋ると、ご主人様は珍しく私の肩を両手でつかみ私の目を見て語り始めた。

「愛坂、そんなことはないよ！　僕が『普通の生活』を望むように、愛坂にだって、もし『普通の女の子』だったなら、やりたいことがあるんじゃないのか？」

「それは……」

正直、ご主人様の気持ちは嬉《うれ》しい……。だけど、私がしたいことは――

「僕は愛坂《あいさか》がしたいことを叶《かな》えたいんだ」

「………」

そのご主人様の言葉を聞いてしばらく私は言葉が出なかった、だって、自分が言おうとしたことを先に言われてしまったのだから……

「ご主人様ってば、それは卑怯《ひきょう》ですよ」

本当に、彼は卑怯な人だ……。

「えっと、愛坂。これは言い訳とかじゃなくてね？」

「フフ、ご主人様。そんなに慌てなくても分かっています」

「ほ、本当に？」

「はい……」

なら、私も少しくらい卑怯になってもいいだろうか？

そう、この時だけは『昔』みたいな私に戻っても――

「じゃあ、悠《ゆう》。駅前のクレープ屋さんとか行かない？」

「え……クレープ？」

「うん、少し前にクラスの女の子達が話しているのを耳にしたの……でも、一人で行くのも少し、気になっていたから」

「うん……いいね。そこに行こう！」

何故《なぜ》、私が突然昔の私の口調になったのかご主人様は特に追及することはなかった。

いや……むしろ、聞くことを避けているかもしれない。

だって、この『私』にきっと彼は引け目を感じているはずだから……だとしても、私は今の状況を利用すると決めた。

そして、私は「じゃあ、案内するね」と言って、ご主人様の目の前に出て立ち止まった。

「それと……悠、もう一つお願いがあるの」

「……愛坂？」

そういうと、私はご主人様の方を振り向き、昔を思い出しながら彼に尋ねた。

「ねぇ、悠。手を繋《つな》いでも……いい？」

「え、手？」

「ほら……私達こういうのは初めてでしょう……？」

昔だって、手すら繋いだことが無いでしょう？——とは流石《さすが》に言えなかった。

「確か、ご主人様の読んでいる漫画ではこういう時に手を繋ぐのが普通なんですよね？」

「ああ、そうだね……」

だからこそ、私は取り繕うように愛坂の仮面で表情を隠し答えた。

確か、ご主人様がよく読んでいる作品にはそういうシーンが多かった気がする。

「愛坂」

「何でしょうか？」

「てか、愛坂も漫画とか読んでいたの？」

「まぁ、私も少しはこういうシチュエーションに憧れとかもありますので……」

「そ、そうなんだ……」

「はい……」

「でも、意外だったな。愛坂でもこういうシチュエーションに憧れとかあるんだね？」

「私も『普通の女の子』ですから……」

自分の憧れのシチュエーションがバレたことで、私は昔の口調を止《や》めた。

やっぱり、感情を隠すならメイドさんでいる方が楽だ。

「まったく、ご主人様は私を何だと思っているのですか……」

「僕のメイドさんだろう？」

「それは、そうですけど……」

やっぱり、メイドさんの方がボロが出ない気がする。

「愛坂、だけど……その相手が僕でいいの？」

「それは……ご、ご主人様がいいんです……」

もしかしたら、今……ご主人様も私と同じ気持ちなのだろうか？

いや……きっと、私に気を遣っているだけでしょう。

それでも、ご主人様は私の手を握ってくれた。

「じゃあ……行こうか」

「はい……」

私はご主人様が望むことを叶える。

だって、こんな形でしか、私は気持ちを伝えることができないのだから……

## 【ご注文は夕食ですか？】

「晩ごはんをいただきに来たわよ〜♪」

夜、日もすっかり落ち愛坂が夕飯の支度をしていると、麻衣姉《ね》ぇがそんなことを言いながらドアを開けて入って来た。

「いや……何で、麻衣姉ぇが晩ごはんを食べにウチに来るのさ？」

「あら、悠ちゃんはお姉ちゃんと一緒にお食事をするのは嫌なの？」

「いや、そういうわけじゃないけど……」

そう言えば、朝もしれっと一緒に食べていたな。もしかして、ウチを食堂か何かと勘違いしているのか？

「ご主人様は麻衣様がこの時間に外にいるのをご心配なさっているのでは？」

すると、愛坂が僕をフォローするように合いの手を入れてくれた。

愛坂、ナイスフォローだ。流石はできるメイドさんだ。

「愛坂の言う通りだよ。麻衣姉ぇの実家からしたら、麻衣姉ぇが僕の所に来るのって良い顔しないんじゃないの？」

「それなら、問題無いわ！」

「……何でさ？」

「そんなの、アタシがお父様から『悠ちゃんの監視役』を任されているからよ♪」

「監視って……それ言っていいの？」

「さぁ……？　だって、お父様からは『言うな』なんて言われてないもの？」

「おいおい……」

麻衣《まい》姉ぇが僕の監視役ねぇ……つまり、今回のお見合い話が終わるまでってことか？

もしかしたら、それとは別に麻衣姉ぇの家が僕を取り込もうとして麻衣姉ぇを監視役として送り込んでいるのかもしれない。

「それとも、悠ちゃんはアタシがここに来るとまずい事情でもあるの？」

「いや、それは無いけど……」

すると、愛坂が小声でさりげなく僕に耳打ちしてきた。

「ご主人様、ここで嫌がれば、それこそ何かあるのではと思われます」

「そうなんだよね」

まぁ、下手に誤魔化して勘繰られるよりは、麻衣姉ぇに堂々といられる方がまだマシか。

むしろ、麻衣姉ぇが口止めをされてないのもそういう狙いがあるのかもしれない。

「ところで、今日の夕食のメニューは何かしら？」

すると、今までの話の流れを断ち切るように麻衣姉ぇが愛坂に夕食の内容を尋ねた。

「今夜のご夕食はトマトのカレーです」

「アタシ、辛いのは苦手なのよね～」

「問題ございません。ご主人様も辛いのは食べられませんので甘口にしました」

「それなら、大丈夫ね♪」

「………………」

やっぱり、麻衣姉ぇは単純にごはんを食べに来ただけなのかもしれない。

「因《ちな》みに、愛坂。僕は辛いのが苦手なだけで食べられないことはないからね？」

なので、決して甘口が好きというわけでは無い。

「では、次からは辛口のカレーをお作りしてもいいのですね？」

「いや!? そ、それはなんか違うんじゃないかな!?」

「うーん……」

すると、麻衣姉ぇが僕と愛坂のやり取りを見てポツリと呟《つぶや》いた。

「……なんか、恋人って言うよりは、ただのメイドとご主人様って感じよね？」

ヤバイ!? 麻衣姉ぇに疑われている……

「悠ちゃん、もしかして……」

「ま、麻衣姉ぇ！ な、何……かな？」

まさか、僕が愛坂と付き合っているのが嘘《うそ》だってバレたか……？

「貴方《あなた》、恋人がメイドだからって、彼女をかまってあげられて無いんじゃないの！」

「……え？」

なんだ……てっきり、僕達《たち》の嘘を見抜かれたのかと思ったよ。

「そ、そんなこと無いよ！　ね？　愛坂？」

その時、愛坂がなんかボソッと呟いた。

「……もしかして、これはチャンスでは？」

「あれ？　愛坂……さん？」

すると、次の瞬間、愛坂は表情をころりと変えて麻衣姉ぇに泣きついた。

「麻衣様、そうなんです！　ご主人様ってば、私を全然かまってくれないんです！」

「ちょ、愛坂さぁあああああああああん!?」

うぉおおおい!?　愛坂、お前……何いきなり裏切ってんのぉ――っ!?

「ほら、みなさい！　悠ちゃんってば、甲斐性《かいしょう》が足りないのよ！」

「いや、甲斐性って言われてもさぁ……」

実際は付き合ってないんだから、仕方ないじゃないか！

「じゃあ、僕は愛坂に何をすればいいって言うのさ？」

僕がそう尋ねると、麻衣姉ぇは「待っていました！」と言わんばかりに答えた。

「そんなの、もちろんデートくらい誘うべきだわ♪」

「で、デート……？」

デートと言われても、僕にはそんな経験なんて無いしな……。

「まさか、だけど……悠《ゆう》ちゃん、デートに誘ったことが無いの……？」

「麻衣様、シャイなご主人様がそんなことできると思いますか？」

「なるほどね……」

愛坂《あいさか》はそう僕をジト目で見つめながらフォローしてくれた。だけど、何故かフォローされているのに責められている気がするのは気のせいかな？

「そうは言っても、愛坂だって僕にそんな期待はしていないだろう？」

僕がそう言って、愛坂に適当に頷《うなず》くようにアイコンタクトを送るとそれを遮るかのように麻衣姉ぇが反論して来た。

「悠ちゃん、それは違うわ！　愛坂さんがいくら完璧なメイドさんだと言っても、中身は一人の乙女なの！　きっと、彼女だって心の中では気にしているに違いないわ！」

いや、そんなことは無いと思うよ？　少なくとも僕は愛坂の辞書に、乙女なんて文字があると思ったことは無いからね？

「それとも、悠ちゃんは彼女の毎日が今のままで充実していると思っているの？」

「それは……」

しかし、言われてみれば麻衣姉ぇの言うことも一理あるかもしれない。

僕と愛坂は付き合っているわけでは無いが、彼女がメイドさんとして、僕に尽くしてくれているのは本当だ。

だけど、その所為《せい》で愛坂には日常という自由はない。

だとしたら、これは彼女が『普通の女の子』になれるいい機会ではないのだろうか?

「分かったよ……じゃあ、愛坂。デートしようか?」

## 【メイドさんの望み】

　というわけで、僕は愛坂とデートをすることになったわけだが……

「愛坂はデートの行き先は何処《どこ》がいい？」

「行き先ですか……私はご主人様が望む場所なら何処でも大丈夫です」

　夕食後、麻衣姉ぇが帰ったのを見届けて僕は愛坂にそう問いかけた。

　しかし、当の愛坂はこの様子だ。

「うーん、何処でもと言われてもなぁ……」

　正直、麻衣姉ぇの言っていることは僕も一理あると思った。

　普段の僕は愛坂に昔の彼女しか見ていなくて、今のメイドさんとしての愛坂をちゃんと見てはいなかったのではないか？　と反省をした。

　だからこそ、僕は今回のデートは愛坂に楽しんでもらえる場所にしたい。

　つまり、僕は今回のデートで、普段頑張っているメイドさんの愛坂にデートという名の休日を過ごして欲しいのだ。

　だから『何処でも』なんて言葉ではなく、愛坂が行きたい場所を聞きたいのだが……

よし、こうなったら、少し意地悪な提案をしてみよう！

「じゃあ、いっそ二人でこのまま駆け落ちでもしてみようか？」

「ご主人様がそれを望むなら、かまいませんが！」

「かまわないの!?」

……何故《なぜ》か食い気味に返答された。

てか、愛坂はこれが僕の冗談だと分かっていて、あえて乗っかって来たんだろう。

やっぱり、愛坂にこういう冗談は通じないか。

「まぁ、愛坂の気持ちは嬉《うれ》しいけど、さすがにそれは無理だよね」

「……駆け落ちはしないのですか？」

いや、そんな残念そうな顔をされても……

「だって、そんなことしたら僕の家が愛坂を許さないだろう？」

「それでも、私はご主人様についていきますよ」

「だとしても、僕は君を巻き込むことはできないよ」

僕がそう言うと、愛坂は珍しく少し戸惑いながらも僕に質問をした。

「……それは、私が大切だからですか？」

「そ、それは……」

この質問に頷くのは簡単だ。

だけど――

「まぁ、愛坂は大切な僕のメイドさんだからね」

それを、僕の本当の気持ちだと言う権利は僕には無い。

だからこそ、こんな情けないご主人様を許して欲しい。


「むぅ……もう、本当に仕方のないご主人様ですね」

あ、あれ？　なんか愛坂が急に不機嫌になったのは気のせいかな？

そう思っていると、愛坂は普段のメイド姿ではあまり見せない笑みを浮かべた。

「では、ご主人様。僭越《せんえつ》ながら一つだけデートの候補を挙げてもよろしいでしょうか？」

「う、うん！　愛坂、何処かな？」

すると、普段のメイドさんの愛坂からはあまり想像できない場所が提案された。


「ゆ、遊園地はいかがでしょうか……」


ほう、遊園地か……確かに、僕も漫画とかでしか知識が無いな……。

「うん、遊園地いいね！」

でも、これでいいんだ。メイドだろうが、愛坂だってわがままを言ってもいいんだ。

「ご主人様、えっと……」

「愛坂、何だい？」

すると、愛坂は最後に微笑《ほほえ》みを浮かべて言った。

「明日のデート……楽しませてくださいね？」

その表情は純粋に『普通の女の子』の笑みだった。

## 【メイドさんのデート服】

デート当日、麻衣姉《まいね》ぇからの提案により同じ場所に住んでいるというのに何故か現地で待ち合わせをする羽目になった僕は、愛坂より先に家を出て待ち合わせ場所の遊園地の前で愛坂が来るのを待っていた。

「てか、五分くらいで来るかと思ったのに、もう二十分は待っているんだけど……」

これなら、愛坂と一緒に家を出た方が良かったんじゃないか……？

そう思っていると、僕のその言葉をまるで聞いていたかのようなタイミングで後ろから愛坂の声が聞こえた。

「悠くん、お待たせ♪」

「愛坂——って……え」

その瞬間、後ろを振り返った僕は現れた愛坂の姿を見て思わず絶句した。

それは、何故なら——

「愛坂がメイド服じゃないだって!?」

「ご主人様は、何で私がデートなのにメイド服で来ると思っているのですか……」

そう、なんと目の前に現れた愛坂はいつものメイド服姿ではなく、今までの彼女では見たことが無い白いワンピース姿だったのだ。

つまり、私服姿の愛坂が現れたということである。

「ご主人様……一応、彼女が気合を入れてきたデート服を目の前にして褒め言葉の一つも無いのは、彼氏としていかがなものかと思いますが？」

「そ、そうか……愛坂、ゴメン」

そういえば、今日は愛坂に休日を与えるのが目的だったとはいえ、麻衣姉ぇの手前名目上は『デート』って設定だもんな。

それなら、愛坂が普段のメイド服じゃなく私服姿で現れるのも当然か。

もしかして、麻衣姉ぇが待ち合わせをここにして別々にしたのも、愛坂を着替えさせるためだったのかもしれない。

だとしたら、僕がここで二十分近くも待ちぼうけをくった説明もつくな……。

「でも、こうしてみると、私服姿の愛坂っていうのもなんか新鮮だよね」

「新鮮って……悠くんってば『彼氏』として、もっと他に言うことがあるんじゃないの？」

そう言って、愛坂は可愛《かわい》らしく頬を膨らませて僕に『不満です』みたいなポーズをした。

それはまるで、いつもの学校での愛坂みたいな表情で――

「――っ!?」

いや、待てよ……何かがおかしい。

普段、愛坂《あいさか》は僕を『悠《ゆう》くん』と呼ぶときは学校での『優等生』モードになっている時だけのはずだ。なのに、突然ここで優等生モードになるのはあきらかにおかしい。

そして、愛坂の『彼氏』として、もっと他に言うことがあるという『発言』……

そうなると、答えは――

「そ、そうだね……っ！　愛坂は私服姿も素敵だよ！」

「うーん、気づくのが少し遅いけど……まぁ、それで許してあげる♪」

そう言うと、愛坂は満足そうに頷《うなず》いて軽く目線を僕の後ろに向けた。

すると、その視線の先には――


「うんうん……二人共、とーってもラブラブじゃない♪　お姉ちゃんも安心したわ！」

後ろを振り返ると、物陰から麻衣姉ぇが僕達《たち》を凝視しているのが見えた。

やっぱり、僕達を監視していたか……。てか、あれで隠れているつもりなのだろうか？

すると、愛坂が麻衣姉ぇには聞かれないように小声で僕に話しかけてきた。

「でも、ご主人様。よく麻衣様が来ているとお分かりになりましたね？」

「あぁ、愛坂がいつもの学校での演技をしてくれたからね」

「……そうですか」

だから、途中で麻衣姉ぇが隠れて僕達を見ていると気づけたんだ。

麻衣姉ぇの目でも無ければ愛坂が演技をする必要は無いからね。

「演技じゃないのに……」

「ん？　愛坂、何か言った？」

「――ッ！　な、なんでもありません」

それでも、今日の愛坂を見ると、つい昔の『彼女』の面影を追い求めてしまう僕がいる。

これじゃ駄目だ……。

だって、今日は愛坂に楽しんでもらうのが目的なんだ。

「さぁ、愛坂。行こうか」

そう自分に言い聞かせるように僕が愛坂の名を呼ぶと、愛坂はまたその演技をする。

「じゃあ、悠……私をエスコートしてくれる？」

その姿はやっぱり、学校での彼女ではなく、メイドとしての愛坂でもなく……どうしても、昔の彼女に見えてしまって――

『ねぇ、悠。こういう時は男の子がエスコートするものじゃないかしら？』

そういえば昔、そんなことを彼女が言っていたような気がするな。

「そうだね……」

やっぱり、僕はどうしても、愛坂に彼女の姿を求めてしまっているのだろうか？

だとしても……

「じゃあ、愛坂……。今日は僕が君をエスコートするよ」

今日だけはその面影に甘えてもいいのだろうか。

## 【デート】

「ここが遊園地なのですね……」

「そうだね。僕も実際に来たのは初めてだけど……」

「「人が異常に多い！」」

ご主人様とデートとのことで、今回来た遊園地は国内でも一番有名な場所を選んだのだが、それが悪かったのか……人が多くて、とても混んでいた。

「遊園地という所に来たのは私も初めてですが、普段は何処《どこ》もこんなに混んでいるものなのでしょうか……？」

「どうだろうね。今日がたまたま混んでいるだけの可能性もあるけど……まぁ、土日祝日はこれくらい人がごった返すほどに多いとは漫画やラノベには書いてなかったね」

ご主人様の言う通り遊園地の混雑状況は相当で、どこのアトラクションも長い列ができており、平均で一〜二時間待ちと書いてあるほどだ。

それに、問題はそれだけでなく……

「なんなのよこの人の多さは!?　これじゃあ、悠ちゃん達に近づけないじゃない！」

多分、自分では私達を見張っているのがバレていないと思っている麻衣様が後ろの人混みに飲まれながらも、しっかり私達を監視していることだ。

　正直、邪魔ですね……。

　麻衣様には、このご主人様とのデートをセッティングしてくれたのは良かったのですが、私のデート服を選び始めたりされて、結局待ち合わせでご主人様を待たせてしまうというメイドではありえない失態をしてしまいましたし……

　まぁ、着ていくデート服に迷っていたのは本当なので助かりましたけど。

　しかし、ここからご主人様とのデートを楽しむには麻衣様はただの邪魔者でしかないので、どこかで撒《ま》いてしまいたいのですが……

　まぁ、そんなことをしたら私達の『嘘《うそ》』がバレる可能性があるからそんな行動は――

「ねぇ、愛坂」

「はい、ご主人様。何でしょうか？」

　すると、ご主人様がとんでもないことを言い出した。

「せっかくだし、逃げちゃおうか？」

**【メイドさん逃亡中】**


「悠ちゃーん！　もう、何処に行ったのよぉ～！」

隙を見つけて、麻衣様から逃げ出したご主人様と私は、その様子をアトラクションの待機列を壁にして見ていた。

そして、麻衣様が去っていくのを見届けて、私達は揃《そろ》って息を吐いた。

「はぁ……なんとか、麻衣姉ぇを撒くことができたみたいだね」

ご主人様はそういうが、本当にこんなことをしてよかったのだろうか。何だか、ご主人様の勢いに飲まれて行動してしまいましたが……

「しかし。ご主人様……本当に麻衣様の監視から逃げて良かったのですか？」

「愛坂、これだけ人が多いんだ。これは『偶然』逸《はぐ》れたと言ってもしかたないだろう？」

そういうと、ご主人様はまるでイタズラっ子のように笑った。

こんなに、楽しそうに笑うご主人様を見るのはいつ以来だろう？

――ハッ!?　もしかして、これは夢なのではないでしょうか……？

ここは確認のために一度、自分の腕でもつねって確認しよう。

すると、その行動を見たご主人様が困惑気味に私に話しかけてきた。

「えっと……愛坂、一体何をしているの？」

「いえ、急に痛みを実感したくなりまして」

「何で⁉」

「本当なら、腕を切ってみたいのですが、現実だったら大変なので……」

「僕もしかして、急に自分のメイドさんに、ものすっごい性癖を暴露されている⁉」

「ご、ご主人様⁉　違いますよ！　これはそういうことじゃなくて……っ⁉」

ふぅ、危うくご主人様に私が危ない趣味嗜好《しこう》の持ち主なのかと疑われるところでした。

でも、本当に今日のご主人様はどうしたのだろう？

まるで、昔の関係に戻ったみたい――


「悠ちゃーん！　もーう！　何処にいるのよぉ～っ！」

その時、私達の所に麻衣《まい》様の声が届いてきた。どうやら、ここに長くいたせいで近くまで麻衣様が来てしまったようだ。

「愛坂、ヤバイ！　麻衣姉《ね》ぇだ！　逃げるよ」

「は、はい！」

そう言って差し出す彼の手を思わず掴《つか》み、私とご主人様は急いでその場を離れた。

「メリーゴーランドって初めて乗ったけど！　楽しいわね～♪」

その後、しばらく私達を捜し回っていた麻衣様ですが、気づいたら目の前のメリーゴーランドに夢中になっていました。

麻衣様も初めての遊園地で目の前の様々なアトラクションの誘惑に負けたようですね。

「どうやら、麻衣姉ぇを完全に撒けたようだね……」

そう言うと、ご主人様はさっきまで繋《つな》いでいた私の手を離してしまいました。

あ、もうちょっと繋いでいてもよかったのに……

「しかし、本当に麻衣様から逃げたりしていいのですか……？」

「だって、せっかくのデートじゃないか。二人っきりになりたいのは当然だろう？」

「——っ!?」

ご、ご主人様ってば……さっきからずぅーっと、この調子じゃないですか！

……まったく、ご主人様は私の気持ちを弄《もてあそ》んで一体どうするつもりなんでしょう。

「麻衣様に見つかった後で怒られても知りませんからね？」

「麻衣姉ぇと逸れたのは事故だから仕方ないよ」

「ご主人様は言い訳がお上手ですからね……」

そのように、私が少々呆《あき》れた目でご主人様を見ると、ご主人様は再びあの時のような、面影のある表情で私を呼んだ。

「愛坂《あいさか》、今日は『ご主人様』じゃないだろ？」

「でも、私は……」

「大丈夫だよ。だって今日はデートなんだから」

彼がそう言うなら……今日だけは私は『愛坂』を演じなくてもいいのだろうか？

そう、昔みたいに——

「えっと……じゃあ、悠《ゆう》……行きましょう？」

「うん、行こうか？」

やっぱり、今日は夢を見ているようだ。

でも、いくら自分の腕をつねってもちゃんと痛みはあるから不思議だ。

「ところで、その癖は本当になんなの……？」

**【今日だけ】**

「さて、これからどうしようか……」


無事に麻衣姉ぇを撒くことには成功したが、その後、僕達《たち》は何処へ行くか迷っていた。

本当は麻衣姉ぇを撒くのはかなりヤバイことだ。

でも、麻衣姉ぇがいると愛坂は常に麻衣姉ぇの監視を意識してしまうだろう。

果たして、それは本当に彼女にとっての休日だと言えるのだろうか？

もし、彼女にメイドではなく、愛坂でもなく『普通の女の子』として楽しんでもらうとしたら、申し訳ないが麻衣姉ぇの存在は邪魔だと僕は考えたのだ。

だから、僕は本当の彼女が楽しめるようにこんな行動に出たわけだが……

「愛坂は遊びたいアトラクションとかある？」

「悠ってば、エスコートするって言っていたくせに、何も考えてないの？」

珍しく、彼女が僕を昔のように呼びながら呆れたような顔をした。

どうやら、彼女も今日だけは昔のようにいると決めたようだ。

たとえ、それが演技だとしても、僕はその彼女が見られるのが嬉《うれ》しい。

「ねぇ、僕が最初から最後までデートプランを考えていると思う？」

「うーん……『私』の知っている悠はそういうの苦手よね？」

「だって『選択肢の無いデート』なんてつまらないだろう？」

僕がそう言うと、彼女は「そうね……」と、懐かしそうに笑ってくれた。

あぁ、この笑顔を見られただけでも、今日のデートは十分なおつりが来そうだ。

「じゃあ、愛坂。次は……何処に行きたい？」

「じゃあ、次はあれに乗ってみたいわ」

そう言って、彼女が指さしたのはこの遊園地でも一番人気のアトラクションだった。

「うん、いいね。じゃあ、あれに乗ろうか」

だから、今日だけは――

「僕もこの状況に甘えさせてもらうかな」

だって、今日の僕達は、メイドさんとご主人様の関係でないのだから。

## 【キミに似合う服】

あの後、愛坂が興味を示したアトラクションを二つほど楽しんだのだが……

「ねぇ悠。あのアトラクションって、こんなに濡《ぬ》れるものなのかしら？」

最後に乗ったのが水上を走るジェットコースターのようなものだったのだが、その際に僕達は揃って上から大量の水しぶきを浴びてびしょ濡れになっていた。

「愛坂、ゴメンね。僕もまさかこんなにびしょ濡れになるとは思わなかったよ」

「別に、悠が謝る必要はないと思うけど？　でも、これなら最初に聞かれたレインコートは貰《もら》った方が良かったわね」

「そうだね。最初は『水しぶきが降ります』とは言われていたけど……」

まさか、あれほどの量の水しぶきが降ってくるとは思わなくて僕も愛坂も必要ないと断っちゃったんだよな。あれじゃあ『水しぶき』じゃなくて『滝』だよ。

まぁ、問題は――

「僕の服はすぐ乾くと思うけど、愛坂の方は着替えとかどこかで買えないかな？」

流石《さすが》に、愛坂をこのままびしょ濡れの状態で放っておくことはできない。

そう思って、僕は着替えを買える場所がないか探すために愛坂から目を離した。

その一瞬――

「大丈夫です。着替えならこれがありますので」

気づいたら、せっかくの愛坂の私服がいつものメイド服姿に戻っていた。

「そのメイド服どこからだしたの!?」

てか、今の一瞬で着替えたの!? どうやって!?

「問題ございません。ちゃんと、ご主人様の着替えもございます」

そう言う愛坂の手には僕の分の着替えもいつの間にかあった。

「手品師かな……?」

てか、メイド服のせいで愛坂がいつものメイドさんモードに戻ってしまった。

すると、その僕の表情を読み取ったのか彼女は言った。

「安心して、この服はあくまで着替えただけ。それに今の私達は恋人でしょう?」

その言葉で、僕は愛坂がまだ『メイドさん』としてでなく、僕の『彼女』としての設定を守ってくれているのだと理解した。

つまり、今の愛坂はただメイドのコスプレをした『彼女』というわけだ。

「僕としては、さっきの愛坂の姿の方が好みなんだけどね……?」

これでは僕がメイドさんをつれて遊園地を一人で歩き回っているみたいじゃないか。

すると、彼女は言った。

「あら？　悠はこのデート服は嫌いかしら♪」

「だって……」

いや、待てよ？　よく考えてみよう。

「悠？」

「…………」

そして、僕はメイド服姿の『彼女』をじっくりと見てから深くうなずいた。

うん……正直、ありかもしれない！

そう言う僕をジト目で見て、彼女は最後にこう言った。

「悠のヘンタイ……」

……うん、とても心外だ。

## 【メイド服と性癖】

「ついに、見つけたぁーーーーっ！」

愛坂がメイド服に着替えてから遊園地内を歩き回って数分したくらいで、僕達は麻衣《まい》姉《ね》ぇに見つかってしまった。

まぁ、メイド服姿の愛坂はこの遊園地でも十分に目立つから、こんな格好で動き回れば見つかるのは当たり前か。

すると、僕達を指さしながら、もう逃がさないと言わんばかりの表情で麻衣姉ぇがプリプリと怒りながら僕達に駆け寄ってきた。

さて、ここからどう言い訳をしたものか……

「悠ちゃん！　どうして、アタシを置いて逃げたりなんかしたの!?」

「麻衣姉ぇ、僕達が逃げたなんてそれは誤解だよ。むしろ、逸《はぐ》れたのは麻衣姉ぇの方じゃないか？　それに、僕達もさっきから、麻衣姉ぇをずっと捜していたんだよ」

「えーっ!?　本当の迷子はお姉ちゃんだったのーっ!?　そ、それはごめんなさい……」

チョッロ!?　麻衣姉ぇ、ビックリするくらいに一瞬で僕の言葉を信じたな。

「で、でも……お姉ちゃんだって、悠ちゃん達を捜すの大変だったんだからね！」

「その割には麻衣姉ぇは随分と遊園地を楽しんでいたみたいに見えるけどね？」

「ほ、ほぇ!?」

僕の指摘で見るからに動揺する声を上げた麻衣姉ぇの両手には、遊園地で配られていたであろう風船や棒状のスティック菓子が握られており、頭にはこの遊園地のイメージキャラクターの被《かぶ》り物《もの》までしていた。

どう見ても、僕達以上に遊園地を楽しみつくした人間の姿がそこにはあった。

「そ、そんなことよりも……」

あ、麻衣姉ぇってば、誤魔化せないからって無理矢理論点を替えようとしているな。

「お姉ちゃん的には、今の悠ちゃん達にどうしても聞きたい『問題点』があるわ!」

「問題点って……麻衣姉ぇは今の僕達に何の問題があるって言うのさ?」

すると、麻衣姉ぇは自分のことを棚に上げて、その『問題点』とやらを指摘してきた。

「どう見ても! アタシの迷子より、愛坂さんのメイド服姿の方が問題でしょう!?」

あ……確かに、麻衣姉ぇと逸れる前の愛坂はメイド服姿じゃなかったもんな。

すると、その僕の一瞬の表情を読み取ったのか、麻衣姉ぇがさらに詰め寄って来た。

「悠ちゃん! これはどういうことなの!? 愛坂さんは悠ちゃんの恋人じゃなかったの!? もしかして、恋人っていうのもお姉ちゃんを騙《だま》すための嘘《うそ》だったの!?」

「いや、それは……」

ヤバイ、このままでは僕の嘘が全てバレてしまう! どうにかして、麻衣姉ぇに愛坂がこの状況で『メイド服』を着ている理由を作らなければ……

「ねぇ、悠《ゆう》。ここは私に説明させてくれない……？」

そう言って、僕と麻衣姉ぇの間に愛坂《あいさか》が入って来た。

その瞬間、愛坂は『ご主人様、ここは私に任せてください』と自信満々のアイコンタクトをして来た。どうやら、愛坂にはこの場を誤魔化す自信があるようだ。

「なら、説明してもらおうじゃない！　愛坂さんは何で、メイド服なの？」

「それは……」

でも、流石は僕のメイドさんだ。この状況でも完璧な対応ができるなんて――

「ご、ご主人様はメイド萌《も》えなのです！」

「――って、愛坂!?」

お前はいきなり何を言っているんだぁああああああああ!?

前言撤回。今日から彼女はポンコツメイドさんに改名だ。

「悠、ここは黙って……」

いや、黙るのはお前だよ？

もう、この状況を僕はお前に任せられないよ……？

すると、愛坂は麻衣姉ぇに聞かれないように小声で僕に話しかけてきた。

「ですが、この服を着た状態でご主人様といる理由が他にありますか？」

「いや、それは僕も見つからないけど……でも、その理由は流石に僕も心外だよ？」

その時、その僕達《たち》のやり取りを見ていた麻衣姉ぇがボソリと呟《つぶや》いた。

「だけど……二人の様子を見ていると、何故《なぜ》か恋人って感じがするわね……？」

あれぇえ!? なんか、この説明と空気感で誤魔化せそうなんだけど!?

え、あの説明で麻衣姉ぇは納得するの……？

「ご主人様！　ここはもう、攻めるしかありません！」

「でも、それだと僕が『メイド萌え』っていう風評被害が半端ないんだけど？」

すると、今のやり取りの所為《せい》か今度は麻衣姉ぇの意見がクルッと変わった。

「うーん？　でも、やっぱり、ただのメイドと主《あるじ》の関係のようにも見えるような……」

ヤバイ！　段々と麻衣姉ぇに怪しまれている!?

……くっ！　こうなったら、仕方ない！

「ま、麻衣姉ぇ！　実は愛坂の言う通りなんだ！」

「です！　ご主人様は実は『彼女』にメイド服を着せて萌えるヘンタイさんなのです！」

おいコラ！　そこのポンコツメイド！　もう余計なこと言うな！

すると、しばらく僕達の様子を見守っていた麻衣姉ぇは一つの結論を出した。

「分かったわ……じゃあ、恋人同士って証拠を見せてくれる？」

「「え、恋人の証拠……？」」

思わず愛坂と声が被ってしまった僕達に向かって、麻衣姉ぇはドヤ顔でいった。

「もし、二人が本当の『恋人同士』なら、この場で何だってできるわよね？」

## 【メイドと恋人の境界線】

私のご主人様は変態です。

「ご主人様、私の膝枕のお気分はどうですか♪」
「うん、くるしゅうないねぇ〜……」

現在、私はご主人様の『彼女』という設定のはずなのに、メイド服で自分の彼氏に遊園地のベンチで膝枕をするというとんでもない羞恥プレイをさせられている。

……一体、何でこんなことになってしまったのだろうか？

『恋人同士っぽいところを見せてくれたら納得してあげるわ！』

それが、麻衣様が私達に出した条件だった。

つまり、この場で恋人同士ならできることを見せてくれれば、麻衣様はご主人様が『恋人にメイド服を着せるメイドさん萌えのヘンタイ彼氏さん』だと納得してくれるらしい。

その経緯を思い浮かべながら、私は麻衣様には聞かれないように小声でご主人様に恨み言をいうように呟いた。

「それで、思いついた『恋人同士っぽいところ』がこれですか……」

「実に『メイド萌え』の彼氏が彼女に要求しそうなシチュエーションだろう？」

するとご主人様はしたり顔で私の顔を見てから、再び私の膝枕《ひざまくら》を堪能し始めた。

ご主人様が『メイド萌え』という私の嘘はあながち間違いではなかったのかもしれない。

「あー、できたら、このままメイド服の優しい『彼女』さんに頭をなでなでして欲しいなぁ～？」

「しかし、ご主人様。本当にこれで麻衣様は納得してくれるのでしょうか？」

「大丈夫、大丈夫『恋人同士』ならこれくらいは普通だって」

「このメイドさん膝枕プレイが？　普通ですか……」

……これ、ご主人様がこの機会に私へのいやらしい欲求を爆発させているだけなんじゃないでしょうか？

すると、私達の様子を黙って見守っていた麻衣様がついに疑念の声を上げました。

「これが、普段のアンタ達の恋人同士のやり取り……なの？」

やっぱり、麻衣様も私達のこのやり取りに疑問をお持ちのようだった。

まぁ、どう見ても不自然ですよね。

「麻衣姉ぇ、何を言っているのさ？　何処《どこ》からどう見ても、今の僕達は『恋人同士』だろう？」

何を言っているは、ご主人様の方だと思いますよ？

何処に恋人にメイド服を着せて膝枕させる彼氏がいるんですか……

「でも、アタシはもっと恋人っぽいイチャイチャを見たかったのよねぇ……」

「それってただの麻衣姉ぇの趣味が入ってない？　麻衣姉ぇには悪いけど、僕達にとってはこれが僕達なりのイチャイチャなんだよ」

ご主人様、流石《さすが》にその言い訳はムチャがあります。

「で、ですです！　私達はイチャイチャです！」

しかし、ここで否定するわけにもいかないので、私も必死に麻衣様に訴えかけた。

まぁ、これが『恋人』のイチャイチャとは言えないと思いますが……

だけど、メイド服になると、こうも冷静になれるのは何なんだろうか。まるで、さっきまであったデート服を着ていた時の胸のドキドキは何処かに行ってしまったように、私の心は落ち着きを取り戻している。

やっぱり、私にとって、このメイド服は一つの仮面なのかもしれない。

「ねぇ、愛坂。なんか小腹が空《す》いちゃったんだけど何か食べるものは無いかな？」

すると、今度はご主人様がそんなことを言ってきたので、私はこんなこともあろうかと事前に買っておいた屋台のスナック菓子をメイド服のスカートの中から取り出して渡した。

「ちょっと、待って！　悠ちゃん!?　今彼女、何処からそれを取り出したの!?」

そんな、麻衣《まい》様のよく分からないツッコミを無視しながら、ご主人様は餌を差し出されたリスのように膝枕をされた状態で私の手からスナック菓子を食べ始めた。

「ご主人様、美味《おい》しいですか？」

「うん、美味しい」

うん、私のご主人様……可愛《かわい》い。

てか……もはや、すでにご主人様もデートから日常モードになっている様子だ。

「そうですか、それは良かったですね」

「……愛坂も食べる？」

「いいえ、私はメイドですから」

「でも、今は『彼女』だろう？」

この人は今更その設定を持ち出してきますか……

「この格好をさせる彼氏が何を言っているんですか……まったく！」

しかし、私はこの仮面を脱ぐことはできないのだろう。

「うーん、でも……」

「でも？」

するると、ご主人様はまた一つスナック菓子を私の手から受け取り食べながらこう言った。

「愛坂がこうして食べさせてくれるから美味しいのかな?」

「そ、そうですか……」

この人は何でそういうことを……まぁ、いつものことか。

それに、そんな安っぽい演技で麻衣様を誤魔化せるわけがない。

そう思って、麻衣様の反応を見ると――


「なんか、恋人っぽいわね!」


――って、ちゃんと、騙《だま》されている!? え、これで……ですか?

まぁ、麻衣様が納得してくれるならいい……のでしょうか?

でも、これで『恋人のフリ』も終わると思うと少しだけ寂しい気もしますね。

「じゃあ、最後にアタシから一つだけ確認させてもらっていいかしら?」

すると、麻衣様が急にとんでもないことを言い出した。

「二人が『恋人』なら、最後に証拠のキスをしてくれる?」

「「え」」

一瞬、意外な言葉に私とご主人様の時が止まったかのような間が発生した。

「何をポカーンってしているのよ？　あんなにイチャイチャしていたんだし『恋人』なんだから、キスくらいできるでしょう？」

確かに、麻衣様の言う通りだ。遊園地のベンチでこれだけイチャイチャしてるのに、キスできないなんて『恋人』とは流石に納得してもらえないだろう。

つまり、裏を返せば麻衣様は『キス』ができるなら、私達を『恋人』だと認めてくれると言っているのだ。

なら、これはチャンスだ。少なくとも、ご主人様のお見合いを断るために私が『恋人』である理由は必要なのだから。

そう思って、私が覚悟を決めてご主人様にキスを求めると――

「ゴメン……それはできない」

突然、ご主人様の手が私の肩を突き放した。

「……ご主人様？」

私が未《いま》だにご主人様の言葉の意味が理解できずにいると、彼は麻衣様に頭を下げながらこう言った。

「麻衣姉《ね》ぇ、ゴメン……全部、嘘《うそ》なんだ」

【懺悔《ざんげ》】


「ご主人様……すみません……」

僕が麻衣姉ぇに全て嘘だと告白すると、何故《なぜ》か、愛坂《あいさか》が頭を下げて謝った。

多分、愛坂は自分が不甲斐《ふがい》ないから僕が嘘を告白したのだと勘違いしたのだろう。

だから、愛坂は僕に謝ったのだ。不甲斐ない『メイド』として……

だけど、僕が嘘だと告白した理由は違う。

「愛坂、違うんだ……」

「でも、ご主人様はキスを拒絶したじゃないですか！」

「そうじゃなくて……やっぱり、僕はこういうやり方では駄目だと思うんだよ」

「それは、私がメイドだからですか？　それとも、こんな形でしか思いを伝えられない私が間違っていたんでしょうか……？」

「いや、愛坂……それは――っ！」

「ご主人様、申し訳ございません。少々、この場を離れさせていただきます……っ！」

しかし、僕が止めようとする間もなく、愛坂はそのまま顔を見せないように、人混みの方へ走り去ってしまった。

「悠《ゆう》ちゃん、これは一体どういうこと……？」

そして、一部始終を見ていた麻衣姉ぇは僕に詰め寄るように事情を聞いた。

その僕に向けられた目は『事と次第によっては許さない』と麻衣姉ぇにしては珍しく本気で怒っている眼差《まなざ》しだった。

「悠ちゃんはアタシを騙していたってこと？」

確かに、麻衣姉ぇからしたら、これは裏切りに感じるだろう。

「本当にごめん……だけど、麻衣姉ぇ。僕には婚約者を作る資格が無いんだ」

「そんなことないわよ！　だって、悠ちゃんは『本家』の正統な――」

「麻衣姉ぇ、愛坂は……僕の『元婚約者』なんだよ」

僕がそれを伝えると、それだけで麻衣姉ぇは全てを察したように固まった。

「悠ちゃん、それって……」

「ねぇ、僕が何で実家を出たと思う？」

それは、愛坂を『メイド』から解放したかったからだ。

【独白】

何故、僕は実家を出たのか？
何で不意に、彼女にあんなことを言ってしまったのか？

『ねぇ、愛坂……』
『ご主人様、何でしょうか？』
『僕がもし、普通の高校生になりたい……って言ったらどうする？』
『かしこまりました』
『……え？』

ただ、ほんの少し……彼女を困らせるだけのつもりだった。
なのに、それを言った数日後には、愛坂と一緒に『普通の高校生』として生活するとは
流石に思っていなかった……。
そう、昔から彼女は優秀だった――
『私は幸せにならないといけないんです』
幸せにすると約束した彼女を僕が『メイド』にしてしまった。
僕の身勝手な願いと行動で……それが、助けたいと思ってしたことだとしても――

「だから、僕は婚約者を作る『資格』が無いんだ」

でも、自分が実家と縁を切れば、彼女のメイドとしての役目がなくなるかもしれない。

だから、あの時……僕は『普通の高校生になりたい』と思った。

もし、僕が普通の……ただの一般人になれば、愛坂を実家から、解放できるかもしれないと思ったから。

「僕は彼女を幸せにするという約束をまだ叶《かな》えていない」

幸せにすると約束したのに……。

あのお見合いの時から、この運命は決まっていたのかもしれない。


『失礼しました。貴方《あなた》のお見合い相手の綾坂愛花《あやさかあいか》です』

綾坂愛花、それが彼女の本当の名前だった。

僕にとって印象最悪で始まったお見合い相手は、その後、僕にとって初めて『一目惚《ひとめぼ》れ』という経験をした相手になって……

それから、僕達《たち》は時間を重ねた。

『……なら、綾坂さんが僕を名前で呼んでくれたら、僕も名前で呼ぶことにするよ』

『貴方って、意地悪なのね……』

そして、彼女との時間を重ねていく内にその一目惚れは『恋』という感情に変わっていくのを自覚していった。

『さぁ、悠。次は貴方の番よ』

それは、彼女自身も同じだったと僕は思いたい。

だけど……

『婚約が取り消しになった？』

突然の婚約の取り消しと彼女の家の事実上の破綻。

普通なら、こんな話はよくあることだ。元々、僕や彼女に『選択肢』なんてものは存在しなかった。だから、それが、大人の事情で突然消えたって『そういうもの』だと受け入れられると思っていた。

だって、それが僕達にとっての『普通』だったから。

「だから、僕はこんな普通《人生》を強要する実家が大嫌いだったんだ！」

でも、その時に浮かんだのは彼女との約束だった。

『貴方は……私を幸せにできますか？』

だから、僕は頼んでしまった。

無力な僕は実家という力に頼るしか、彼女との約束を守る手段が無かったから。

「それが、最悪の選択だったということも知らずにね……」

次に出会った時、彼女は彼女《愛花》ではなくなっていた。

『初めまして、今日からご主人様のメイドになりました。綾坂です』

彼女──愛花は『メイド』として、僕の前に現れたのだ。

それは、最悪の再会だった。

「僕の所為《せい》だ……僕の責任なんだ。僕の身勝手な行動が彼女の選択肢を奪ったんだ！」

幸せにすると、約束したのに……

こんな、結果になってしまったことを僕は謝りたかった。

だけど、僕達の関係はもう前とは変わっていた。

僕の家は自分の家に仕える人間を『名前』では呼ばない。だから、彼女は自分を『綾坂』と苗字《みようじ》で名乗ったのだろう。

そして、彼女がメイドとして現れた以上、僕は彼女の名前を呼ぶことはできない。

だって、僕達は『初めまして』なのだから……

それは、きっと彼女の決意でもあったのだろう。

綾坂愛花という名前を捨て、ただの『メイドさん』として生きていくという彼女なりの決意の挨拶だったのだ。

「自分が『メイド』である以上、僕が彼女の名前を呼ぶことができないと知っているから」

でも、彼女が名も無いただの『メイド』だというのなら、その『メイド《彼女》』をどう呼ぶかは僕の勝手だ。

だから、僕はある決意と共にその『名前』を提案した。

『愛坂……なんてどうかな?』

彼女をメイドという縛りから解放するまで『彼女《愛花》』の名前を呼ばないと――

そして、綾坂愛花という名前を忘れさせないために、彼女の苗字と名前から一文字ずつ取って『愛坂』と名付けたのだ。

『愛坂……ですか』

それも全ては、あの時の約束を守るために――

『かしこまりました……ご主人様』

その日から、彼女は僕の名前を呼ばなくなった。

# 最終章
## 【戻ってきた日常】

「おはようございます。ご主人様」

朝、目を覚ますとベッドの横に立ち、僕の顔を覗《のぞ》き込む愛坂《あいさか》と目が合った。

それは、いつもと変わらない『普通の日常《異常な日常》』だ。

あれだけのことがあったのに、愛坂に変化が無いいつもの日常が異常だと感じた。

それが、僕には違和感だったのだ。

「愛坂、おはよう」

「ご主人様、朝ごはんは既にリビングの方へご用意できておりますので」

それだけを言うと、愛坂は軽くお辞儀をして僕の部屋から出て行ってしまった。

「はぁ……」

見ての通り、何もない様子の愛坂に僕は思わずため息が出てしまった。

その姿はどう見ても、ただのメイドさんだ。

その様子に、昨日までの彼女の面影は微塵《みじん》も感じられない。

まるで、昨日の愛坂とのデートが夢だったのかと思えるくらいだ。

「そう、昨日の出来事なんだよな……」

あの後、僕は話せる事情を全て麻衣姉《まいねぇ》に告白して、愛坂との関係はお見合いを断るための嘘《うそ》だと説明した。

その時の、麻衣姉ぇの言葉が今でも頭に残っている。

『事情は分かったわ。まったく、悠《ゆう》ちゃんがお見合いをしたくないなら、お姉ちゃんに最初からそう言ってくれればいいのに……』

『え、いいの？』

『アタシは悠ちゃんのお姉ちゃんよ？』

『いや、違うよ？』

『だから、悠ちゃんの味方をするのは当たり前でしょう？』

『…………』

『後は二人の問題よ』


今思うと……もしかして、麻衣姉ぇは僕の『姉《味方》』として、転校してきたのかもしれない。

だから、最初から『従姉《いとこ》』としてではなく『お姉ちゃん』を自称していたのか？

「後は、僕達の問題か……」

でも、確かにそうだ。

いくら、麻衣姉ぇが僕達の味方だとしても、この問題は解決しない。

僕には彼女……愛坂の『メイドさん』という仮面の内側に隠された気持ちがどうなっているか分からないのだから。

## 【変わった日常】

学校へ行くと麻衣姉ぇの姿は無かった。

あのデートの日の後、麻衣姉は『お見合いはアタシが何とかするわ』とか言っていたけど、一体どうするつもりなんだろう……。

先生からは麻衣姉ぇは家の用事で休みという説明がされていた。それで、麻衣姉ぇの信者となっていたクラスメイト達《たち》からは悲鳴が聞こえていたが、本来の麻衣姉ぇの目的は僕のお見合い話の確認と監視のはずだ。

なら、それが達成された今、麻衣姉ぇがこの学校に戻って来る可能性は低いだろう。

つまり、僕にとっては麻衣姉ぇが転校する前の日常が戻ってきたというわけだが。

だけど、変わったのはそれだけでは無かった。


「愛坂さん、おはよう」

「――っ！　わ、私……ちょっと、保健室行ってくるね！」

「ちょっと、愛坂さん!?」

何故《なぜ》か、愛坂が口をきいてくれなくなったのだ。しかし、その変化は学校だけではなく、家で彼女がメイドさんでいる時も――

「ねぇ、愛坂。このコーヒーのおかわりなんだけど……」

「にゃ、ニャンですか⁉　ごご、ご主人しゃま⁉」

……そう、メイドさんの時でも様子が変なのだ。


『後は二人の問題よ』


――と、麻衣姉ぇには言われたけど、話ができないんじゃ意味が無い。

そんな僕と愛坂の様子が学校でも当然噂《うわさ》にはなっていて……

「最近、早乙女《さおとめ》くんって愛坂さんにあきらかに避けられているよね」

「この前は付き合ってた感じだったけど……もうフられたのかな？」

「こんな短期間でフられるなんて、一体何をやらかしたんだろう」

……うん。分かっていたけど、クラスメイトからも、散々な言われようだな。

「まぁ、傍《はた》から見れば僕が何かしたように見えるよな……」

その時、僕の机から何かが落ちた。

そういえば普段から、僕はあまり自分の机の中を整理なんてしない。

だって、部屋は愛坂が掃除をしてくれるし学校の準備も愛坂まかせだから、自分で何かを整理するという癖が無い。その所為《せい》で僕の机の中は整理されておらず、こうして時々プリントとか何かが落ちてくるのだ。

「これは……」

## 【連絡】

学校のお昼休み。

私はご主人様から逃げるようにクラスの女子達と食堂で過ごしていた。

ご主人様には朝用意したお弁当があるから、きっと今頃いつもの屋上で私が用意したお弁当を食べている事だろう。

でも、今の私にはご主人様と二人になる勇気は無かった。

「……って、今更ですね」

しかし、麻衣様も何故かあれ以降、学校には来ていない。多分、ご主人様の監視とお見合いの件を報告するために麻衣様は実家に帰られたと思うのだが、その結果がどのようになるかも、私には連絡が来ていない。

「もしかしたら、本当にご主人様のお見合い話が決まることも……」

そしたら、私は一体どうなるのだろう？

「――って、もうこんな時間!?」

気づいたら、既に昼休みは終わり食堂に他の生徒達はいなくなっていた。

どうやら、一人で考え込み過ぎていたらしい。

「早く教室に戻らないと……っ！」

そう思って急いで教室に戻り授業には間に合ったが、ご主人様は既に教室にいた。

最悪だ……。メイドである私が主《あるじ》より遅く教室に戻るなど、あってはならない失態である。普段はただのメイドとしてでなく、ご主人様に何かあった際にお守りする『護衛』として私はこの学校にいるのだから、朝からご主人様を避けていた私の失態だ。

「…………」

「…………」

しかし、そんな私をご主人様は一目見るだけで何も言おうとしてこない。

もしかしたら、あのデートから私はご主人様に見捨てられたのではないだろうか？

私だってご主人様と話がしたい。

だけど、私はただのメイドでしかない。

いや、これは単なる言い訳かもしれない。

本当は、彼の気持ちを聞くのが怖いだけだ。

あの日、キスを拒否されたことから……メイドの愛坂さえも否定されたら、私はもう耐えられない気がするから――

そう思いながら、授業に備えて机から教科書を取り出すと一通の手紙が落ちてきた。

「これは……？」

見覚えがある、その手紙を思わず手に取ると、そこにはこう書かれていた。

『放課後、話をしよう』

「これは……」

内容はそれだけだった。

だけど、私にはそれが『誰が』書いたものなのか直《す》ぐに分かった。

「だって、こんなの筆跡で分かるのに――」

その時、私はこの手紙に込められたもう一つのメッセージに気づいた。

何故、この手紙に見覚えがあるのか？　それは、この手紙が……私がご主人様に隠れて出した手紙と『同じ』手紙だからだ。

私が出した手紙と同じ便箋で、同じ手紙という方法、そして――

「もしかして……」

あの時、ご主人様はあの手紙の差出人が私だと気づいていたのではないだろうか？

だから、あえて同じ手紙で、私にも同じように筆跡で誰か書いたか分かるメッセージを込めているのではないか？

これは、私の考えすぎなのだろうか……

「だとしたら、この手紙の意味は……」

きっと、この手紙に込められた意図さえも、私と同じはずだ。

全ては放課後になれば、この手紙の彼が教えてくれるだろう。

あとは私に『そこ』に行く勇気があるかの問題だ。

いや、もう一つだけ問題があるとしたら――

「この手紙……『何処《どこ》』で待っているのか書いてないじゃないですか……」

## 【メイドさんの仮面】

放課後、私は誰もいなくなった教室に一人残っていた。

きっと、この手紙を出したのはご主人様だ。

手紙には場所が書いてないけど、多分、彼は屋上で待っているはずだ。

この手紙が、私の出したラブレターを真似《まね》たものだとしたら、待ち合わせ場所も前と同じ屋上というつもりなのだろう。

確かに、私とご主人様はこの学校で二人きりになりたい時はあの屋上を利用していた。

だから、ご主人様は場所を書かなくても、優秀な『私』なら、そこに現れると思っているのだろう。

「でも、本当の私はそんなに優秀じゃないんですよ……」

その証拠に、私は今も屋上に行く勇気が無くてここに残っている。

そう、私は未《いま》だに彼の気持ちを聞くことに怯《おび》えているのだ。

「だって、ご主人様は……」

きっと、私をメイドにしてしまったことを後悔していると思う。

それが、私を助けたいと思って彼が願ったことだと知っている。

それでも、いや……

だからこそ、ご主人様は私に罪悪感を抱いているのだろう。

「でも、私は知っていた……」

あの日の……『あの約束』が彼を縛っているのだと……

「私は知っていた」

それでも、私が彼に助けてもらったことに変わりはない。


『貴方《あなた》は……私を幸せにできますか？』


あの日の約束を彼は覚えてくれていた。

「ご主人様……」

彼は約束を守ろうとしただけだ。

あの時の約束を彼が守ってくれた。その結果、私が『メイド』になっただけだ。

なら、今度は私がその恩を返す番だろう。

だから、私は彼に付いて行こうと決めたのだ。

あの日の約束を叶《かな》えてくれた彼に……

『貴方は……私を幸せにできますか？』

『じゃあ、仕方ないから……僕が君を幸せにするよ』

今度は私がこの人に幸せになって欲しいと思ったから——

自分が『メイド《愛坂》』になった『あの日』から……

『愛坂《あいさか》……なんてどうかな？』

『かしこまりました……ご主人様』

その日から、私……綾坂愛花《あやさかあいか》は『メイド《愛坂》』になった。

今はそれが、ご主人様にとっての枷《かせ》になっているかもしれない。

「でも、ご主人様の気持ちを聞くのが怖い……」

だから、私は自分の気持ちを隠すためにメイドとして彼に接しているのだ。

もし、彼に拒絶されても本当の私が傷つかないためにメイド服という仮面で自分を守るために……

だって、私には……まだ彼に言っていない秘密があるから——

**【メイドさんと告白】**


放課後の教室。そこに行くと何故《なぜ》かメイド服姿の彼女がいた。

そんな、彼女に僕は精一杯の気持ちを口にした。


「何で屋上に来ないんだよ!?」


既に下校時刻は過ぎていた。一瞬、手紙を見ていないんじゃないかと不安になったけど、まさか、教室で待っているんじゃないかと思ったら……そのまさかだったよ!?

「待ち合わせ場所を書かなかったご主人様が悪いんです」

そう言うと、彼女は少し拗《す》ねたように答えた。

いや普通は分かるだろ!?

わざわざ、同じ『手紙』っていう方法で伝えたんだから待ち合わせ場所も同じ『屋上』に決まっているだろう!?

おかげで、僕は一時間も待ったんだからな!

「……てか、何でメイド服姿なの?」

学校で彼女がメイド服を着るなんてことは絶対にしないはずだ。だって、それは僕の正体がバレる危険性もあるからだ。

なのに、彼女があえてメイド服姿でここにいるのは何か理由があるのだろうか？

「大丈夫です。既に、この学校には私達《たち》以外の生徒がいないのは確認済みです」

いや、そういう問題じゃないんだけどね……？

だけど、彼女が理由をはぐらかすということは、それ自体が彼女がここにいる理由なのかもしれない。

つまり、今の彼女はただの『メイド《愛坂》』としてこの場にいるということなのだ。

てか、コイツはこの格好で一時間もこの教室にいたのか？

しかし、いつまでもこんなことを話している時間はない。

一応、メイド服だとしても『彼女』がここで待っていたということは、僕の話を聞いてくれるという意思表示なのだろう。

だからこそ、僕はさっそく本題に入った。

「愛坂、僕は君が好きだ」

「ご主人様……なら、何故あの日、キスをしなかったのですか？」

それは、彼女にとっては当然の質問だろう。

「あの時は……ズルいと思ったんだ」

「ズルい？」

「……うん」

僕は彼女が好きだ。この気持ちは嘘《うそ》ではない。

「あの時、僕達は麻衣姉ぇ《まいねぇ》に恋人だと嘘をついていた。なのに、麻衣姉ぇを騙《だま》すためだけにキスをしたら、僕の君が好きだという気持ちにも嘘をつく気がしたんだ」

だから、僕はその場の勢いでキスをするという行為に躊躇《ためら》ってしまった。

だって、それは僕が一番嫌っている自分の気持ちに嘘をつくという行為だからだ。

「そんなの今更言われても……」

「だから、僕は麻衣姉ぇのいない場所で気持ちを伝えようと思ったんだ！」

「そのための……手紙ですか」

「そうだ！」

机の奥に入れてあった差出人が現れなかったラブレターを見て僕は改めてこの気持ちを彼女に打ち明けようと思ったんだ。

「なら！」

すると、彼女は哀《かな》しそうに呟《つぶや》いた。

「だからこそ、ご主人様が私を好きなのも、私に騙されているだけとは思いませんか？」

確かに、その可能性はあるかもしれない。

愛坂が僕の専属メイドになったのは僕の実家が決めたことだ。実際に、僕自身が彼女に強い執着を持っていることも僕の実家は知っているはずだ。

でも、だとしても……

「騙されていたとしても、僕は愛坂の全てが嘘だとは思わない」

今までの生活で僕が見た彼女の全てが嘘だとは思わない。僕と彼女の出会いから、これまで過ごしてきた時間の全てが嘘だとは思えないし……

その上で僕は『彼女』を好きになってしまったんだ。

しかし、愛坂は僕の言葉を否定した。

「だとしたら、ご主人様は私に騙されています。その気持ちも……」

「それは違う！」

「違いません。ご主人様が好きになった私は……」

それでも、彼女は僕の気持ちを否定しようとした。

「だとしても、僕は『メイド』である愛坂を含めて君《あいか》が好きなんだ！」

それは今まで僕が決して言ってこなかった言葉だった。

愛坂をただの『メイドさん』としか見ようとしてこなかった僕だからこそ、今の『彼女《あいか》』と向き合おうとしなかった僕の本音だ。

「そ、それは気のせいです！　ただ、ご主人様はムードに流されているだけなんです！」

「ムードでも構わない！　むしろ、ムードにでも流されなきゃこんな本音言えないよ！」

「そんなのただ開き直っているだけじゃないですか!?」

「そうだよ！　それでも、僕が君を好きだという気持ちだけは本物だ！」

僕はあのデートで気づいたんだ。

僕が本当に幸せにしたかったのは過去の彼女なのか、それとも、目の前にいるメイド服を着ている愛坂なのか――

「それでも……ダメなんです」

「それは、どうしても……？」

「……はい、どうしても……です……？」

だけど、愛坂はかたくなに僕の告白を受けようとはしない。

「なら分かった……」

「…………」

それなら、僕にだって考えはある。

「ちょ、ご主人様!?」

それは、彼女がメイド服でこの場に来た時からなんとなく察していた。

だからこそ、僕は実力行使として彼女からカチューシャを奪い取った。

「ご、ご主人様!? それは……ダメです！」

すると、愛坂は咄嗟《とっさ》の行動に反応できなかったのか、カチューシャを取られたことに動揺し何故か顔を覆い隠して表情を見せないようにした。

前に愛坂は言っていた。

『メイドさんにとってカチューシャというのは大事な衣装の一部なのです！』

つまり、メイド服は彼女にとっては自分を隠すための『仮面』なのだ。

「僕は……メイドじゃない君と話がしたいんだ……」

「……知っているでしょう？　私はただの『メイド』なんです」

「そんな君をメイドにしたのは僕だ」

なら、彼女と話すには、その仮面をはがす必要がある。

じゃなきゃ、話にすらならない。

「だって、君をメイドにしてしまったのは僕の責任だから……」

すると、彼女は目に涙を浮かべておもむろに語り出した。

「違う……っ！　だって、私は最初から、それを知っていたから……」

「愛坂……？」

「知っていました。ご主人様が私を『メイド』にしたことを……知っていたんです」

「なら、俺を恨んでいたんじゃ……」

その所為《せい》で、君はメイドになる羽目になったのだから——

「それが違うんです」

彼女は言った。

その目に涙を浮かべながら、その続きを……

「私は自ら『メイド』になったんです」

「愛坂？　何で……？」

僕と彼女のお見合いが無しになったのはただの偶然だ。

それは、彼女の父親の会社の問題だ。

なのに、何故か違和感が突然、僕の心に宿り始めた。

僕はずっと、僕が頼んだから彼女がメイドになったのだと思っていた。

でも、もしかしたら――

「だって、私は……ずっと、ご主人様を騙していたんですから！」

そして、彼女の告白《懺悔》が始まった。

**【幸せという名の呪《のろ》い】**

「愛坂《あいさか》が……僕を騙している？」


ご主人様は私が言った言葉を繰り返し『わけが分からない』という表情をした。

しかし、この言葉で既にご主人様も、ある可能性に気づいているはずだ。

だって、彼はずっと、こういう世界で暮らしてきて『普通の暮らしがしたい』と思ったのだから……。

「ご主人様は、既に婚約者じゃなくなった私の、守らなくても良いはずの約束を守ってくれました……」

「でも、その所為で君は『メイド』という形で僕の実家に縛られて……」

「それは、ご主人様の誤解です」

「誤解って……」

「ご主人様はあの日私に何て言ったか覚えてないのですか？」

そう問いかけながら、私はあの日のことを思い出した。

初めてのお見合いの日、その相手は死んだ魚のような目をした普通の男の子だった。

「……早乙女悠《さおとめゆう》です」


その目はとても空虚で誰も見てはいなかった。そして、目の前の私をも見ていない。

多分、全てを諦めている人間の目だと思った。

最初は資産家の一人息子との婚約だと聞いて一体どんな傲慢な男が出てくるのだろうと思ったら、これだったので少々予想外だった。しかし、それと同時にその全てを諦めているかのような彼の目に私は怒りを覚えた。

一体、私がどのような思いを背負ってこの場にいるのか彼は知らないし、気にもしていないのだろう。だって、彼の目は何も見ようとしていない。

だから、少し嫌みのつもりで、私は彼を挑発してみた。

「これは無いわね……。顔が生理的に無理だわ」

言われた本人は何を言われたのか理解できなかったようで、死んでいた目が見開かれ驚いたように『ポカーン』とした表情になっていた。

その変化を見て、私は少しだけ彼にようやく人間味を感じた。

なんだ……ちゃんと、感情があるじゃない。

「失礼しました。貴方《あなた》のお見合い相手の『綾坂愛花《あやさかあいか》』です」

すると、少し生き返った魚《彼》はようやく人の言葉を喋《しゃべ》り始めた。

「えっと、僕ってそんなに酷《ひど》い顔しているかな？」

「……はて何のことでしょうか？」

「いやいや!? 周りにいる人達《たち》も聞いているから、流石《さすが》に誤魔化せないからね？」

とりあえず、誤魔化そうとしてみたけど、どうやらさっきの言葉はちゃんと聞こえていたようだ。まぁ、どうせこのお見合いはもう結果が『決められている』ものだ。

なら、言いたいことは今の内に言っていいだろう。

それは、このお見合いを断るという選択肢が無い私にとって、彼に対する八つ当たりのような行動だったのかもしれない。

「えっと……申し上げにくいのですが、早乙女様は鏡というものをご存知でしょうか？」

「君は僕をバカにしているのか!?」

「まずは、これでご自分の顔をご確認した方がいいかと思います」

そして、私は使用人を呼び出し、小さな手鏡を持って来させてそれを彼に手渡した。

すると、面白いことに、その手鏡を手にとった瞬間から、彼の顔が驚愕《きょうがく》で青ざめていくのが分かった。

どうやら、彼は本当に自分がどんな顔をしてこの場にいたのか、自覚が無かったらしい。

それは、私にとっては呆《あき》れを通り越して、哀れにさえ思えるものだった。

「どうやら、ご自分がどんな顔をしていたのか本当に気づいていなかったのですね……」

きっと、この人は今までこうして周りの期待に応えるためだけに生きて来たのだろう。

そこに『自分の意思』なんて物は存在しない。だから、彼の目は死《自我》んでいたのだ。

それは、私も同じ境遇だからこそ分かることだった。


「あ、後は……若いお二人で……」


先ほどまでのやり取りを見て周りの使用人達は逃げるように部屋を出て行った。

まぁ、それはそうだろう。

どう見ても、このお見合いは最悪の結果だ。

すると、少し生き返った魚のような目をした彼はこう私に尋ねた。

「でも、僕が死んだ魚のような目をしていたとしても、君には関係ないことだよね？」

「いいえ、関係なら大アリです」

「それは……何故《なぜ》かな？」

「だって、私達は結婚するんですよね？　なら、相手がどのような人物かは重要です」

「確かにそうだね……。でも、この婚約を決めるのは僕達じゃない」

そう、もしこのお見合いが失敗しても、私達の婚約がなくなることはないだろう。

だって、私達はそういう選択肢の無い『家』に生まれたのだから……

それでも、私達のお見合いは続いた。

それは少し意外だった。私はてっきり、最初の言葉で相手がキレて、このつまらないお見合いが終わるものだと思っていたからだ。

まぁ、お見合い相手と言われて、死んだ魚のような目をした男が出てきたら、誰でもそうしたくはなるだろうと思う。

でも、そんな今の魚《彼》の目は、少し私に興味を持っているかのように見えた。

「家が決めたなら、僕達に選択肢なんてないじゃないか……？」

「そうですね。確かに、私達に選択肢はないのかもしれません」

彼が言う通りこの婚約を決めるのは『私達』では無い。

このお見合いはただ婚約することが前提の顔合わせに過ぎない。

たとえ、この場で私が何を言おうと、この婚約を無しにすることはできない。

「なら、婚約者がどんな人物かなんて、意味のないことじゃないか？」

だから、だろうか？　そんな質問が彼から出たのは……

しかし、それでも……たとえ、婚約者がどんな人物だろうと……私に選択肢が無いのだとしても、私には幸せにならないといけない理由がある。

その理由を私は言った。

「だって、会わないと『好き』になるか分からないじゃないですか？」

このお見合いの前、パパは私にこう言った。

『すまない……こんなパパで本当にごめんね』

パパが『ごめんね』と泣きながら謝っていた。

パパはこの婚約が政略結婚だと私に説明した。

もう、パパの会社のために彼の家の力が必要なのだと、そして、会社の重役であるパパの娘の私は同じ歳《とし》ということもあり、彼の『婚約者』としてピッタリなのだと……。

そこにどんな取引やしがらみがあったのかを当時の私は知らない。

ただ、分かるのはパパは仕事のために自分の娘を差し出すしかなかったということだ。

つまり、パパにも選択肢なんて物は無かったのだろう。

だから、パパは私に何度も『ごめん』と泣きながら謝ったのだ。

自分の所為で自分の娘が望まない相手の『婚約者』になるという現実に……

だからこそ、私は決めたのだ。

「確かに、これは互いの家同士が決めた婚約ですが、もしかしたら、これが運命の出会いというものになるかもしれませんよね？」

「運命の……出会い？」

その言葉に、彼も動揺している様子だった。

「つまり、私は『それ』がしたいのです」

「それって……運命の出会いってやつ？」

「はい。ですから、今日は『お見合い』と聞いて期待したのですが……」

「そしたら、死んだ魚のような目をした男が出て来たと」

「はい、まるでゾンビみたいに生きる気力を失った貴方でガッカリです……」

すると、彼は意地悪そうに初めての笑みを浮かべて言った。

「じゃあ、どうするのかな？　このままだと、君はそのゾンビを婚約者にすることになるわけだけど？」

なんだ。そんな顔もできるんじゃない？

なら、後は私は証明してみせるだけだ。

「そうですね……。では、わたしが『教育』します」

「……は？」

「ですから、教育です。婚約相手がゾンビなら、人間にすればいいじゃないですか？」

そう、たとえ婚約相手が死んだ魚だろうと、ゾンビだろうと、最終的に私が幸せになって証明すればいいのだ。

「つまり、これから僕は君に『教育』されるわけだ？」

「そうですね。いずれは結婚するわけですから、ゾンビみたいな死んだ魚のような目をした貴方が普通の人みたいに笑えるようになるまで、それは全力で徹底的に『教育』します」

「なるほど……」

「そして、私を幸せにしてもらいます」

「なにそれ……？」

「だって、結婚するんですよね？」

だから、私が『幸せ』になればパパの決断は間違いじゃないと証明できる。

「その……僕が婚約者なんて嫌じゃないの？」

「何故ですか？」

「いや、何故って……」

「貴方が言ったのではないですか？　私達に『選択肢は無い』と」

「それは言ったけど……でも、そう割り切れるものでは無いだろう？」

何度も自分の娘に『ごめん』と謝るパパの姿は今でも覚えている。

パパだって悔しかったはずだ。そんな『選択肢』しかない自分を今でも責めているかもしれない。なら――

「なら『幸せ』にならないと損じゃないですか」

そう、私が『幸せ』になるしか方法は無いのだ。

パパのために、パパがした選択は『間違っていなかった』のだと私が証明するのだ。

「選択肢がないなら、婚約者になる以上、貴方には私を幸せにする義務があります」

「義務って……」

「それに、貴方は『選択肢は無い』と言いましたが、貴方を嫌いになるかどうかは私の自由です」

「でも、君は僕の顔が『生理的に無理』って、言ったよね？」

「ですが、その評価は私自身が決めたことです。ほら『選択肢』あるじゃないですか？」

「あ……」

「だから、私は貴方がどんな人かを確かめに来たのです」

「それは、君の意思で？」

「はい……私の意思です」

私には幸せにならないといけない義務がある。

だけど、これだけは、私の意思だ。

「私は幸せにならないといけないんです」

パパの決断が間違いではないと証明するためにも――

そして、私は言った。

「貴方は……私を幸せにできますか？」

すると、彼は弱気な表情で実に情けなく答えた。

「もし、できなかったら……？」

何と頼りがいのない婚約者だろう？

でも、何故かその表情は今日見た彼の顔の中で一番、人間っぽく見えた。

なら、仕方ないか……

「仕方ないので、私が貴方を幸せにします」

「君が僕を……？」

「だって、私達は『婚約者』なんですから」

そして、彼は約束をしてくれた。

『じゃあ、仕方ないから……僕が君を幸せにするよ』

「ご主人様は私がこの家にメイドとして『縛られている』と言いましたが、それは間違いです。ご主人様……貴方《あなた》は私を縛ってなんか無いんです！　ただ、貴方は……私との約束を守ってくれただけで……」

何で一度は婚約を解消した早乙女《さおとめ》家が私の実家を……パパを救ってくれたのか？

そんなの彼が関わっていることはすぐに分かった。

彼があの時の『約束』を守るために実家を頼ったからだ。

そう、彼はあの時の約束をただ守ろうとしてくれただけだ。彼は私を……そして、パパと私の実家も救ってくれた。

「だけど、私はご主人様に何も返せてない……」

だから、私は彼の願いを叶《かな》えようと思ったのだ。

あの後、パパは早乙女家の所属するグループ企業に重役として迎えられることになったが、早乙女家が私に何かを求めることは無かった。

だけど、立場が変わったことにより、私と彼との婚約は無くなったままで、それはつまり、私は彼との接点を失ってしまったということだ。

彼は私を助けてくれたのに、今の私では彼に何も返せない。

だから、私はある決心をした。

「愛坂《あいさか》、まさか君は……」

「はい、私は自ら早乙女家のメイドに志願したのです」

それは恩を返すための選択だった。

自分の人生に『選択肢』が無かった私が自ら選んだ選択だ。

『貴方は……私を幸せにできますか？』

彼が約束を守ってくれたのなら、今度は私が『彼を幸せにする』という約束を守る番だと思ったから――

『仕方ないので、私が貴方を幸せにします』

だから、私は彼の専属のメイドになった。

彼の望みをなんでも叶えられるように……

そして、その時は来た。

『ねぇ、愛坂……』

『ご主人様、何でしょうか？』

『僕がもし、普通の高校生になりたい……って言ったらどうする？』

『かしこまりました』

私は彼の『普通の高校生になりたい』という願いを叶えようとした。

だけど、もちろんただの新人メイドにそんな力もなければ権限も無い。

だから、私はその力と権限がある人物と交渉をした。

「愛坂、それって……」

「ご主人様の祖父……つまり、おじい様です」

そして、私はご主人様のおじい様と交渉して『ある契約』と共にその願いは許可された。

「契約……？」

「……はい」

当時、私に課されたもう一つの約束《罪》それは……

「ご主人様と既成事実を作ることです」

**【真実】**

「既成……事実？」

「……そうです」

愛坂はそう言うと僕から目を逸《そ》らした。まるでその様子は、いままで黙っていたことで怒られるのを悟っている子供のような姿だった。

そして、その愛坂の態度で僕は全てを理解した。

何でこの僕が望んだ普通の高校生活をすることができたのか？
何でそんなことが許可されたのか？
何で『愛坂と二人っきり』の生活なのか？
何故《なぜ》、学校の愛坂は僕にアピールをしてくるのに、家でのメイドさんの時は冷たいのか。
その『全て』の疑問がその一言でつながった気がした。

「私にはご主人様の護衛という名目で日々のご主人様の行動を監視する義務があります」

「それって……」

「はい、特に屋上などは本家の人間にも監視されております」

「何それ！　初耳なんだけど!?」

つまり、僕の学校生活は実家にも監視されていたということだ。いや、監視対象は僕だけではなく愛坂もなのかもしれない。

まぁ、それはそうか……こんな普通の高校に入学して大事な本家の跡取りが事故に巻き込まれたり、僕が愛坂と駆け落ちなんてしたりしたら大変だからな。

「因《ちな》みに、既成事実って具体的には……」

「この高校に通っている間に『ご主人様との子供を授かる』それが……私がご主人様のおじい様から言い渡された『契約』です」

「んなっ!?」

あんっの……クソ爺《じじ》ぃいいいいいいい!?!?　なんて、条件を出してやがるんだ！

だから、愛坂は普段の学校であからさまに僕に気がある素振りをしていたのか？　もしかして、外の人間から普段の生活を監視されている恐れがあったから？

でも、だとしたら普段のメイドの時の愛坂の行動に納得がいかない。

「愛坂は僕にそんな『既成事実』を作るようなことはしてこなかった……よね？」

そんな『契約』があったのなら、普段からチャンスはいくらでもあったはずだ。だけど、メイドの時の愛坂は常にクールで僕に気があるような素振りを見せなかった。

しいて言えばお風呂に入って来た時くらいだけど……あれだって結局は何も無かった。

だからこそ、僕は学校での愛坂のアピールは演技だと思っていたけど……

するど、愛坂は少し笑みを浮かべた。

「ご主人様は毎朝の起床に違和感を覚えたことはございませんか？」

「違和感って……はぁ!?」

確かに……言われてみれば、毎日まったく同じ時間に愛坂に起こされていた気がする。

なんなら、毎朝目覚めた時には目の前に愛坂の顔が近くに――

「……愛坂、まさか!?」

「はい、ご主人様と二人で生活するようになってから毎朝、ご主人様が起きる前にベッドにコッソリ入って寝起きのツーショット写真を証拠としてご実家に送っておりました」

「――って、何をしとんじゃぁああああああああああああああ!?」

そう言って、愛坂が見せて来た端末にはベッドでぐっすり眠る僕とその横でほぼ半裸姿で微笑《ほほえ》む愛坂とのツーショット写真が沢山あった。

コイツ、毎朝こんなことしてから僕を起こしていたのか!?

「というか……僕って毎朝これに気づかなかったの!?」

「はい、毎晩お食事によく眠れるお薬を入れておりましたので、私が起こすまで何をしても起きませんでした」

「それも、初耳なんだけど!?」

「大丈夫です。分量はちゃんと守っております」

「そういう問題じゃないけどね!?」

もし、コイツがメイドさんじゃなくて暗殺者だったら僕の命は既に無かっただろう。

「でも、それじゃあ愛坂は条件を達成できないんじゃないの？」

この高校生活の間に僕の『子供を作ること』それが条件だったはずだ。

だけど、あの写真はあくまで『約束』を守っているというための愛坂が作り上げた『嘘《うそ》の報告』にすぎない。

だとしたら、愛坂は……

「はい……私はご主人様に『普通の高校生』としての三年間をさしあげるのが目的でしたから」

それが『私の恩返しです』と彼女は言った。

しかし、それでは……

「爺《じい》さんとの約束を守れないんじゃないか」

「それで良いんです」

「いいって……もし、爺さんとの約束が守れなかったら――」

「ご主人様、約束ではありません。これは『契約』です」

そう言って、彼女は儚《はかな》く笑った。

つまり、ただの口約束ではない契約書が存在するような類《たぐい》のものなのだろう。

だとしたら、その『契約』をはたせない時、彼女は……

そして、彼女はその契約をはたせなかった時の条件を言った。

「もし、この高校生活で私がご主人様との『既成事実』を作れなかった場合。私はご主人様の担当メイドを外されてどこか別のご主人様に仕えるという契約になっております」

「は……?」

それを聞いて戸惑う僕を安心させるかのように、彼女は笑顔でそれを続ける。

「ご安心ください。ご主人様との『既成事実』が作れなかった場合でも、私の家族はこのまま早乙女家に、お世話になるという契約です」

「いや……」

一体、それの何が安心なんだ……?

それは、事実上のクビ宣告だ。つまり、愛坂は自分の首をかけてまで僕に『普通の高校生活』を送らせてくれたということだ。

いや、この様子だと、最初から、僕のメイドをクビになるつもりなのだろう。

だから、彼女は学校では本家の監視の目があるかもしれないから、優等生の『愛坂』という仮面をかぶって僕にアピールをしていた。

そして、僕が本気にならないように、家ではメイドの『愛坂』という仮面で、常に冷たく厳しい態度をとっていたんだ。

だとしたら、今までの彼女の行動の全てに納得がいく。

だって、彼女には僕との『既成事実』を作る気は無かったのだから……

「だって、ズルいじゃないですか……」

そう言うと、彼女は崩れ落ちるかのように泣き出した。

「既成事実を作るという理由を言い訳にして、私はご主人様に甘えていたんです」

それは、彼女の本音なのだろう。

愛坂という『仮面』がないと彼女は僕に甘えられなかったのだ。

だから、私はズルいと彼女は言った。

「だって、私がご主人様と過ごせるのはこの高校生活だけだから……」

ただ甘えたかったと、彼女は泣きながら涙を零《こぼ》した。

「でも、一線は越えないようにしなくちゃいけなくて……」

それをしたら、自分が僕を実家に縛る理由になってしまうからと――

だから、彼女はメイドという仮面で本心を隠していた。

「ご主人様が望んだ『普通の生活』は私にとっても幸せな日常でした……」

そして、彼女はその三年間の思い出だけを胸にして、僕の前から消えるつもりだったのだろう。それが、彼女のメイドとしての恩返しのつもりだったのだ。

そして、裏腹なメイド《愛坂》と彼女《愛花》の気持ちの正体だ。

「私は……ご主人様の優しさに甘えているだけなんです！」

その姿はメイド服を着ているだけの……『普通のか弱い女の子』の姿だった。

「だから、これ以上……願っちゃいけないんです」

今までの『愛坂《あいさか》』はただの演技だと彼女は言う。

僕を利用するための嘘にすぎないのだと、僕に助けられたことで僕を好きになったメイドさんという仮面を被《かぶ》り、僕が彼女に落ちることで『既成事実』として僕を縛るため……それが、彼女の『メイド』としての本当の役割だったのだ。

「私は……ご主人様が一番嫌いな人間なんです」

――そう、彼女は泣きながら言った。

確かに、僕は小さい頃からこの実家のしがらみが大っ嫌いだった。そして『早乙女《さおとめ》家の跡取り』という僕に群がって来る人間が大っ嫌いだった。

つまり、今の彼女は昔の僕が嫌っていた『人間』だというのだ。

そうか……やっと、僕と彼女を縛っている物が何なのか分かった気がする。

僕が彼女との約束を守ってしまったから。

僕と彼女を阻んでいるのは約束という名の罪悪感だ。


その時、彼女がどうしてこの場にメイド服という形で現れたのか本当の意味を理解した。

屋上に現れなかったのも、屋上だと本家の監視があるかもしれない。だからこそ、外からは見られないこの教室で僕を待っていたのだろう。

きっと、そのメイド服は彼女の『仮面』なのだ。


「愛坂、それは違うよ」

「違いませんよ」


しかし、彼女は違わないと拒む。

だって、それを受け入れてしまったら、彼女にとってはそれこそ、僕が嫌っていた人達《たち》と同じになってしまうのだから。

「だから、私達はこのままメイドとご主人様であるべきなんです。お互いのためにも

「……」

悔しい、僕の立場が……そして、彼女の立場がそれを許してくれない。

「だけど、僕はそれでも君が好きだ」

「私だって……」

「なら――」

「なら、どうしろというのですか!?」

「それは……」

このまま、僕が彼女を受け入れたら、それでこそクソ爺《じじい》の思惑通りになるだろう。

あの爺の思惑は『愛坂』という鎖で僕を縛り自分の『後継者』にすることだ。

だから、爺さんは彼女に目を付けたんだ。

今まで何にも興味を示さなかった僕が唯一、家の力を借りて助けようとした女の子……

それが綾坂愛花《あやさかあいか》という存在《利用価値》なのだから……

「僕がどうしても、と言っても……愛坂は断るんだろうね」

「はい、だって……私達は『メイド』と『ご主人様』ですから」

だから、彼女はこれ以上、自分が僕を縛る鎖として利用されないように、あえて僕から
離れようとしている。

「だとしても、僕はもう自分の気持ちに嘘をつきたくないよ」

だって、ようやく伝えようと決心したんだ。

「なら、どうしますか？　この場で抱きしめますか？　それとも、押し倒しますか？」

「それは……」

そんなこと、今の彼女にしても無意味だろう。

「それをしたら、君は『メイド』として片付けるつもりだろう？」

「よく分かっていますね……。流石《さすが》、私のご主人様です」

だから、彼女はメイド服なのだ。

彼女はこの場で起きたことを『メイド』として処理しようとするつもりだ。

「もうそろそろ、下校時刻ですね」

「………………」

それは、彼女なりのタイムアップ宣言だった。

だけど、このままで終わらせるわけにはいかない。

今の彼女から『メイド《愛坂》』という仮面をはがさない限り僕は彼女と話すらできない。

そのためには……彼女に届く『何か』を言わないと――

「……死んだ魚みたいだった」

その時、浮かんだのは皮肉にも昔の『彼女』の言葉だった。

その言葉を受けて、少しだけ彼女の瞳に光が戻った気がした。

「少しは……まともな目になったと思いますよ?」


やっと、分かった。きっと、僕達は始まりから全て間違っていたんだ……。

なら、この場でもう一度やり直せばいい。

そう、最初から『全て』を――


「僕はね。幸せになりたいんだ」


彼女が『ゴメンね』と謝った。

彼女は自分が『嘘つき』だと言った。

だけど、それでも『彼女』はあの時の会話をなぞるように続けてくれた。


「どうして……選択肢なんてないのに……」

「君が言ったんじゃないか? 僕達に『選択肢は無い』ってね」

「それを言ったのは……今の私ではありません」

確かにそれを言ったのは今の『彼女《愛坂》』ではない。

だとしても、彼女が言ったことに変わりはない。

なら、その責任はとってもらおう。

「でも、こうなった以上、君には僕を幸せにする義務があると思わないかい？」

「義務って……でも、私はただの『メイド《裏切り者》』なんですよ……？」

今度は彼女が言った。そんな私が『嫌ではないのですか？』と……

だから、今度は僕がそれを否定しよう。

「君は自分が『メイド《裏切り者》』だと言うけど、僕が君を好きになるのは僕の自由だ」

そして、彼女自身が言ったあの言葉を僕は続けて言った。

「だから、ほら……『選択肢』はあるじゃないか？」

「……ご主人様は、ズルいです」

そう、悔しそうに言う彼女にはもうメイドさんとしての『仮面《建前》』は無かった。

「なら『幸せ』にならないと損じゃないか？」

これは『あの時』の再現でありながらも、今度は逆の立場だ。

「だから、証明するよ」

僕達は遠回りをしすぎたんだと思う。

でも、今からでも遅くはないはずだ。

「僕が幸せになれば愛坂……いや、愛花の決断は間違いなんかじゃない」

今だけは彼女の名を呼ばせてもらおう。

じゃないと、彼女……愛花には届かないと思ったから――

彼女が必死に『嘘《うそ》』をついたというのなら、僕がそれを『真実』にすればいい。

「悠《ゆう》……ごめんね……」

「選ぶことはできない。でも、決めるのは僕の意思だ」

だけど、それには僕だけでは駄目なんだ。

「だから、お願いだ――」

あの時、君は言った。

『貴方《あなた》は……私を幸せにできますか？』

なら、今度は僕がお願いする番だ。

この言葉を僕が言うなんて……なんて皮肉だろうか。

「僕を『幸せ』にしてくれないかな？」

「こんな……私でいいんですか……？」

「僕には……君じゃないとダメなんだ」

すると、彼女はその頭からカチューシャだけをとって笑顔で答えた。

「……喜んで」

## 【エピローグ】

「ふぁ……」


朝、自然と目が覚めた。なんと爽やかな朝だろう。

今まではよく眠れるお薬で眠らされていたらしいから、もしかしたら、これが普通の目覚めというものなのかもしれない。

まるで、昨日の出来事が夢だったのでは無いかと思うくらいの気持ちのいい目覚めだ。

しかし、この目覚めの良さが逆に、昨日のことは夢ではないのだと教えてくれる。

うん、よく眠れるお薬には感謝だな。

因《ちな》みに、あの後、僕達は結末を麻衣《まい》姉《ね》ぇに話すことにした。

結局、問題は何一つとして解決してないので、とりあえず唯一頼れそうな存在だという愛坂《あいさか》の提案で麻衣姉ぇに電話して相談することにしたのだ。

すると、僕達の話を聞いた麻衣姉ぇは――

『感動したわ！　後は全て、お姉ちゃんに任せなさい！』

という、簡潔なものだった。

しかし、有言実行と言うか、麻衣姉ぇに相談すると言った愛坂の人を見る目が凄《すご》いのか分からないが、僕の『お見合い話』はその日の内に無かったことになったのだ。

一体、麻衣姉ぇはどうやって、あの『お見合い話』を無くせたんだろうか？　まぁ、解決したのならいいか……。

それよりも、問題は愛坂が爺《じい》さんと『契約』したことだ。

この問題については何一つ解決していないが、幸いな事に僕の高校生活はまだ二年ほどの猶予期間がある。

だから、この問題はその間になんとかすればいいだろう。


つまり……結局、僕達《たち》は『普通の高校生』に戻ったということだ。

そう、考えながら僕は隣に立つメイドさんの姿を見た。


「おはよう……愛坂」

まだ、僕には彼女の『名前』を呼ぶ資格はない。

だから『その時』が来るまで、しばらく僕は『彼女』の名前をそれで呼ぶのだろう。

でも、少しだけ変わったことがあるとすれば――

「ご主人様、おはようございます♪」

彼女の表情が少し明るくなったくらいかな？

完

# あとがき

こんにちは、出井愛です。

初めましての方も、そうでない方も、このたびは、この作品をお手に取ってくださり、ありがとうございます。


メイドさんって、何処《どこ》からやって来るのだろう？


それが、この作品を書こうと思った時に最初に思い浮かんだ疑問でした。

最初はただ可愛《かわい》いメイドさんと常識知らずな主人公との学園ラブコメを書く予定だったのが、自分の中での『メイドさん』という存在が気になり、疑問が膨らみ、その背景を想像して書いた物語がこの作品になります。

最初はただの貧乳黒髪クール系美少女メイドヒロインとしか考えてなかったのに、自分の妄想が膨らみ、ついでにヒロインの胸のサイズも膨らみ気づいたら、完璧なメイドさんヒロインが出来上がってました。

このように暴走しがちな私をこの作品の完成まで導いてくれた担当編集様達《たち》のNさんとOさんには感謝しかありません。

この作品は沢山の方に助けられてできたものになります。

なので、もしこの作品を『面白い』と思って頂けたのなら、それは私だけの力ではなく、この作品に関わって頂いた方々のおかげだと思います。

謝辞です。

この作品に付き合ってくれた担当編集様、お忙しい中沢山ご迷惑をおかけしました。

編集部の皆様、この作品を出させていただき本当にありがとうございます。

イラスト描いて頂いたなぎは様、沢山ご迷惑をおかけしたにもかかわらず、素晴らしいイラストをありがとうございます。

最後に、この本に関わって頂いた全ての方へ、本当にありがとうございます！

また、この作品を手に取ってくれた読者の皆様に、最大の感謝を込めて。

どうか、今後も宜《よろ》しくお願い致します。

出井愛

## 作品のご感想、
## ファンレターをお待ちしています

あて先

〒141-0031
東京都品川区西五反田 8-1-5 五反田光和ビル4階
ライトノベル編集部
「出井 愛」先生係／「なぎは」先生係

**PC、スマホからWEBアンケートに答えてゲット！**

★この書籍で使用しているイラストの『無料壁紙』
★さらに図書カード（1000円分）を毎月10名に抽選でプレゼント！

▸https://over-lap.co.jp/824006523
二次元バーコードまたはURLより本書へのアンケートにご協力ください。
オーバーラップ文庫公式HPのトップページからもアクセスいただけます。
※スマートフォンとPCからのアクセスにのみ対応しております。
※サイトへのアクセスや登録時に発生する通信費等はご負担ください。
※中学生以下の方は保護者の方の了承を得てから回答してください。

オーバーラップ文庫公式HP ▸ https://over-lap.co.jp/lnv/

OVERLAP

# クラスで一番かわいい女子は
# ウチの完璧メイドさん

発　行　2023年11月25日　初版第一刷発行

著　者　出井 愛
発行者　永田勝治
発行所　株式会社オーバーラップ
〒141-0031　東京都品川区西五反田8-1-5
校正・DTP　株式会社鷗来堂
印刷・製本　大日本印刷株式会社


Printed in Japan　ISBN 978-4-8240-0652-3 C0193